KB197190

「덴다앙」

【속보】 첫 방송 이후 며칠 만에
정반대의 캐릭터임이 들키다 【괜찮아하나요리】

아, 보여──? 메스가키(웃음) 씨ㅋ

목소리 떨리는데

어라? 어라어라어라?

눈물 글썽인다

전혀 안 숨겨짐ㅋㅋ

역효과 아님?ㅋ

다 들켰다니까ㅋㅋㅋ

TALENT

소속 방송인

Classy

Shikkokuk

undma

칠흑검사 참치마요

사무소 2기생이자 자칭 어둠에
삼켜진 칠흑검사. 언동이 아무리
봐도 아싸인 데다 바들바들 움찔움찔
하고 있지만, 특정 분야에 한번
스위치가 켜지면 말이 많아진다.

클래시

사무소 2기생이자 음악에 조예가
깊은 신인 VTuber. 악기 연주에
능통하며 프로급의 실력을 방송에서
선보인다. 하지만 노래만큼은
완고하게 거부하고 있는 모양.

젠치

사무소 0기생이자 구독자 2백만
명을 넘은 대인기 VTuber.
사생활을 드러내며 24시간 방송을
계속 이어가고 있다. 여러 의미로
전설적인 존재.

하나요리 코하쿠

사무소 2기생이자 막 데뷔한 신인
VTuber. 첫 방송에서는 메스가키
연기파 캐릭터로서 행동했지만──.
본인의 목표는 「소속 사무소
방송인을 전원 함락시키는 것♡」

"잠깐 실례."

나는 그녀를 공주님 안기로 안아 든다. 걸린 시간은 1초.
쫓아오는 남자를 단숨에 뿌리치고,
나는 그 자리에서 탈출하는 데 성공했다.
이 몸은 하이스펙이라구. 신체 능력까지 포함해서.

author
코이다누키
illustration
호마데리

1

shozoku suru
VTuber jimusho no liver wo
zenin otoshiniku hanashi
author:koidanuki
illustration:homadelic

TS 전생한 내가
소속 VTuber
사무소의 방송인을
전원 함락시키러
가는 이야기

목차

1. TS 찐백합 VTuber 오타쿠 과격파의 폭발적 탄생

갑작스럽지만, TS라는 것에 대해 알고 있는가?

나도 정식 명칭은 모르지만 흔히 말하는 '성전환'이다.

아마 트랜스섹슈얼적인 무언가라고 생각하는데, 아무튼 그런 건 상관없다.

문제는, 내가 남자에서 여자로 성전환해 버렸다는 사실이다. 믿을 수가 없다. 그러나 오랜 기간 미사용이었던 하반신에 위치한 파트너가 없어져 있었다. 믿을 수밖에 없다.

보통은 혼란에 빠져서 절망하겠지만, 나는 이런 사실을 있는 그대로 받아들여 나이 0세로서 꺅꺅 웃어댔다.

나에겐 혼란과 절망보다도 어떤 취향 쪽이 우선순위가 높았기 때문이다.

나는 VTuber가 좋다. 사랑한다고 해도 될 정도다.

얼굴을 보여주지 않고 아바타 너머로 방송하는 장르. 그것이 VTuber, 버츄얼 미튜버의 약자이다.

처음엔 보잘것없었지만 서서히 주위에 알려지더니 하나의 거대한 장르로까지 성장을 마쳤다.

나는 아무튼 VTuber가 좋아서, 악덕 기업에서 노예 생활을 보내는 와중에도 힐링 삼곤 했다. 최애의 얼굴을 보면 피로 따윈 한순간에 날아갔다.

하지만 정신적인 피로는 회복되더라도 육체적인 피로까

지는 그렇지 못했는지, 마지막 기억은 최애의 방송 도중에 의식을 잃었던 순간이다.

아마도 그대로 덜컥 죽어버린 거겠지.

삶의 의미를 찾아내지도 못했고, 부모님은 병으로 일찍 떠나버리셨으니 미련은 없다.

다시 태어났지만 어쩐지 남의 일 같아서, 의심받지 않도록 잘 행동해야지—— 같은 생각만 멍하니 했다.

——TS라는 걸 눈치채기 전까지는 말이야.

됐다, 여자가 됐다고오오오오오오!!!

이걸로!! 최애 VTuber랑 알콩달콩할 수 있어어어어!!!
꽁냥꽁냥* 보급해주마!!

그렇게, 마음속에서 외쳤다.

왜냐고?

새로 태어난 세상도 전생과 똑같은 역사를 되풀이하고 있어서, 경마도 연예인도 내 기억과 똑같았으니까.

그 말은 즉.

VTuber가 유행할 거란 뜻이다.

운 좋게 내가 고등학생이 될 즈음 유행하리라는 걸 나는 알았다.

*테에테에(てぇてぇ). 덕질하는 대상을 보고 존귀하다고(とうとい) 말하던 것에서 변형된 신조어로, 과거의 모에와 비슷한 위치에 있다. 덕질하는 대상 둘 이상이 사이좋게 지내는 모습을 보일 때 자주 사용된다.

앞에서 보여준 정신 나간 외침에서 봤듯이, 내 소원은 오직 하나.

최애와 알콩달콩하는 것뿐이다.

팬으로서 최애와 얽히는 건 피해야 하는 거 아니냐고? ……알 바냐! 한다면 하는 거야 새꺄!

내 최애는 여성 한정 기업에 소속된 인물이다.

얽히려면 여자여야 할 필요가 있다는 뜻이다.

남자랑도 콜라보는 하니 얽히는 것 자체는 남자여도 괜찮지만, 그래도 꽁냥꽁냥 백합백합 하고 싶잖아. 심지어는 내가 남자였다는 사실만으로 얽혔을 때 최애를 더럽히는 것 아닌가 싶어 걱정된다.

일단 정신이 남자인 점은 넘어가 줬으면 한다.

아무튼, 현시점에서 내 꿈은 VTuber가 되는 것으로 결정했다. 동기가 불순하다느니 하는 소리는 삼가 줬으면 한다.

기업에 소속되는 건 어중간한 노력으로는 불가능하다. 다들 재능 덩어리 같은 사람이라 범부인 내게는 힘들다는 거다.

하지만 지금의 나는 응애 아가.

시간이라는 어드밴티지는 내게 있다.

어떻게든 고등학생이 될 때까지 죽을 만큼 연습해서, 하이스펙 VTuber가 되는 거야……!!!!

* * *

9

86: 이름 없는 VTuber 팬
너네 그거 앎?
똥통 2기생 한 달 뒤에 데뷔한다던데

87: 이름 없는 VTuber 팬
ㄹㅇ?

88: 이름 없는 VTuber 팬
오 찐이네
이거 몇 분 전에 발표된 건데
왤케 빠름?

89: 이름 없는 VTuber 팬
비주얼 아직 안 떴나
아무튼 뭔 괴물 같은 애들이 나올지ㅋㅋㅋ

90: 이름 없는 VTuber 팬
0기생이랑 1기생도 그 모양이었으니……ㅋ

91: 이름 없는 VTuber 팬
똥통 퀄리티를 부디 기대해주세요

92: 이름 없는 VTuber 팬
〉〉91
기대하기 싫잖아ㅋㅋ

93: 이름 없는 VTuber 팬
똥통이 뭐임?

94: 이름 없는 VTuber 팬
뉴비 ㅎㅇ

95: 이름 없는 VTuber 팬
가르쳐준다
VTuber 회사 정식 명칭이 너무 길어서 멋대로 바꾼 거임
머리 이상한 애들이랑 바보만 있어서 붙은 이름이다

96: 이름 없는 VTuber 팬
볼 때마다 터지네
무슨 회사 이름이 라노벨 이름급으로 길어

97: 이름 없는 VTuber 팬
초대 사장이 바로 체포당한 것도 추억이네ㅋㅋ

98: 이름 없는 VTuber 팬

ㄹㅇ?
뭐 했는데?

99: 이름 없는 VTuber 팬
방송인한테 손대려다가 역으로 당했다던데
참고로 전치 3개월이었음

100: 이름 없는 VTuber 팬
ㅋㅋㅋㅋㅋㅋㅋ

101: 이름 없는 VTuber 팬
ㅋㅋㅋㅋㅋㅋㅋ

102: 이름 없는 VTuber 팬
공식 발표는 안 했는데 0기생 젠치지

103: 이름 없는 VTuber 팬
ㅇㅇ
방송에서 그럴듯한 말도 나왔어
왜 리얼 고릴라한테 손을 대려고 한 거지 전 사장은…….

104: 이름 없는 VTuber 팬
그대로 부사장이 사장으로 취임했는데, "머리 이상한 사

람만 채용하겠습니다"라고 했음

105: 이름 없는 VTuber 팬
죄다 똥통 퀄리티네 진짜ㅋㅋ

106: 이름 없는 VTuber 팬
똥통 2기생이라니……ㅋㅋㅋ

107: 이름 없는 VTuber 팬
장난 아닐 듯

108: 이름 없는 VTuber 팬
머리 이상할 건 확실하니까 어느 방향으로 이상할지 궁금
하다

109: 이름 없는 VTuber 팬
꽁냥꽁냥이 보고 싶소…….

110: 이름 없는 VTuber 팬
포기해ㅋㅋㅋ

111: 이름 없는 VTuber 팬
다른 사무소 거 보셈

똥통은 꽁냥꽁냥 보려고 보는 곳이 아님

112: 이름 없는 VTuber 팬
다들 멋대로 놀아서…….
정리해 주는 역할이 없어ㅋㅋ

113: 이름 없는 VTuber 팬
개성 심한 애들을 정리할 사람이 있나

114: 이름 없는 VTuber 팬
있으면 괴물일 듯ㅋㅋ

115: 이름 없는 VTuber 팬
그래도 꽝은 없으니까 업계 팬으로서 2기생도 기대된다

116: 이름 없는 VTuber 팬
좀 위험한 애들이긴 한데 구독자 수는 평균적으로 제일
많댔나

117: 이름 없는 VTuber 팬
사람 수가 적어서 그런 것도 있긴 한데 괴물은 맞다

118: 이름 없는 VTuber 팬

평균 45.6만이랬지

아직 VTuber 유행한 지 얼마 되지도 않았는데 미쳤네…….

119: 이름 없는 VTuber 팬
일반인 층까지 품어서 그래

120: 이름 없는 VTuber 팬
육수들도 없어서 안심하고 볼 수 있음

121: 이름 없는 VTuber 팬
맞네
이상한 놈들은 자동으로 사라져서

122: 이름 없는 VTuber 팬
거기에 육수짓 하는 애들이야말로 똥통에 소속될 자격이
있음

123: 이름 없는 VTuber 팬
여성 한정이라고…….

124: 이름 없는 VTuber 팬
사장 취향인지 뭔지 모르겠네 그건

125: 이름 없는 VTuber 팬
사장: 남자는 필요 없어……!

126: 이름 없는 VTuber 팬
남자가 한 말이면 공감했을 듯

127: 이름 없는 VTuber 팬
뭐야 걍 민폐 씹덕임?

128: 이름 없는 VTuber 팬
사장도 똥통 적성 있다 ㅋㅋ

129: 이름 없는 VTuber 팬
아니ㅋㅋㅋ
그 회사를 만든 사람 중 하나인데
당연히 똥통 적성 있지

130: 이름 없는 VTuber 팬
말 되네

131: 이름 없는 VTuber 팬
모 든 것 의 원 흉

132: 이름 없는 VTuber 팬
암튼 2기생 기대된당

133: 이름 없는 VTuber 팬
ㄹㅇ

134: 이름 없는 VTuber 팬
내 삶의 보람임ㅎ

2. 메스가키 연기파 VTuber, 캐릭터가 마구 무너지다 #하나요리마망

마침내. 마침내 도달했다. 길은 험하고도 멀었다.

0세 아이부터 시작해 약관 16세.

다정한 부모님께 아양을 떨며 배움과 공부에 매진한 나날. 초등학교 중학교는 적당히 우등생의 껍질을 뒤집어쓰고 후후후 웃으며 보냈다.

기술을 익힌 뒤, 최애가 소속된 VTuber 소속사에 지원해 한 번에 합격. 붙었을 땐 온몸에서 눈물을 쏟아내며 대절규를 내뿜었다. ──그리고 부모님에 의해 병원에 끌려갔지. 이봐, 정상이라고.

아무튼, 나는 첫 번째 목표를 달성한 것이다.

계약이니 아바타 만들기니 하는 이런저런 자질구레한 일들을 마치고, 마침내 오늘은 기다리고 기다리던 데뷔일이다.

"긴장되는구만……. 아, 전생 말투가. 안 되지 안 되지."

성 정체성은 남성이라고 생각하지만 말투나 몸가짐은 완전히 여성으로 고정되어 버렸다. 사회에서 살아갈 일을 생각하면 좋은 거라 생각은 하는데, 원래는 남자니까 약간 미묘한 심정이다.

방금처럼 문득 남자 말투가 튀어나올 때도 있지만.

안 되지, 하고 자신을 다잡으며 기자재를 확인하고, 방송 대기 화면을 바라본다.

"우와…… 벌써 2만 명이나 보고 있는데……. 기업세*라 그런지 사람 많네."

방송 시작 5분 전부터 2만 명.

2만 명이 방송을 보려 하고 있다. 심상치 않은 숫자라 현실감이 없다. 좀 상상하기 힘든 수준이잖아.

이렇게나 많으면 긴장되는 것도…… 어쩔 수 없지.

하지만! 실패는 용납되지 않는다.

이 긴장감을 즐거움으로 바꿔서 선보이는 거야! 나라는 존재를, 전 세계에!

지금의 나는 현실의 유메미 렌게가 아니다.

나는── 하나요리 코하쿠다.

아바타를 화면에 투영시킨다.

나타난 것은 허리까지 내려오는 핑크색 머리를 트윈테일로 묶은, 사람 좋아보이는 미소를 띤 소녀. 붙임성 있어 보이는 소녀는 수줍어할 때 슬쩍 덧니가 보인다.

하이라이트는 빵! 하고 존재감을 발휘하는 풍만한 가슴.

어딜 어떻게 봐도 남자의 이상을 쑤셔 담은 유토피아급 해피 세트다.

의상은 마법소녀를 이미지한 핑크색 드레스. 스커트는

---

*기업에 소속되어 방송을 진행하는 버츄얼 유튜버.

무릎까지 오는 정도로, 등에는 새하얀 날개가 한 쌍 펄럭이고 있다.

· 오오, 귀엽다
· 이건…… 위험하네요…… 헥헥
· 변태놈들 바로 튀어나오네ㅋㅋ
· 청순 계열 아니면 후배 캐릭터인 듯

흐르는 채팅들을 눈으로 훑으며, 나는 VTuber의 길에 한 걸음 내딛는다.

"네, 여러분 안녕하세요! 똥통 소속 2기생! 반짝이는 마법을 당신에게! 버츄얼 미튜버 하나요리 코하쿠입니닷!"

아바타의 설정도 물론 마법소녀다.

방송 활동을 하며 세계의 평화를 지키고 있습니다, 같은 설정으로.

기본적인 설정만 지켜주면 다른 건 무슨 짓을 해도 괜찮은 게 똥통의 특징이다. 제멋대로 저질러 주마.

· 오 귀엽네
· 똥통답지 않은 청순한 분위기
· ? 자기 입으로 똥통 소속이라고 한 거임?
· 진짜네ㅋㅋㅋㅋ
· 공식적으로 말한 거 처음 아님?
· 아니ㅋㅋㅋㅋ
· 자기 소속사를 태연하게 똥통이라고 부르는 여자

"마법소녀는 거짓말 안 하니까. 똥통을 똥통이라고 부르는 게 뭐가 어때? 애칭 같은 거잖아?"

· 어떻게 애칭이 비하 80%ㅋㅋ

· 솔직하네ㅋ

· 거짓말 안 하는 설정은 뭐냐ㅋㅋ

· 똥통의 편린이 보였다

나는 똥통이라는 애칭 좋아하는데. 사랑받는 느낌이 들
잖아.

공식적으로 나온 건 어찌저찌 처음인 듯하지만, 우리 매
니저도 썼던 단어니 써도 괜찮지 않을까? 아마.

조금 말해본 결과 생각보다 긴장되진 않는다. 실전에 강
한 걸지도. 연습한 대로, 불쾌하지 않을 정도로 조절한 달
콤한 목소리가 나오고 있다. 이것이 캐릭터에 맞춘 최적의
목소리. 보이스 트레이닝 최고다.

"뭐어, 어찌 됐든 잘 부탁해! 아무래도 2기생 첫 방송은
나인 것 같은데, 책임이 막중하네!"

· 그런 듯

· 나머진 내일이랑 모레였나

· 처음엔 좀 덜 괴짜인 사람부터인가

· 일리 있네

"오늘은 첫 방송이니까, 너희에게 반짝이는 마법을 전해
줘야겠어. ──한 가지 좋은 걸 가르쳐주지."

목소리를 낮추며 멋있어 보이게 조절한다. 아름다운 남
장 미인 같은 느낌으로.

· 오? 와

· 당신 누구야

· 반짝이는 마법이 뭔데

· 목소리 바꾼 거임?

채팅창이 조금씩 술렁이고 있다.

뭐, 이미지를 싹 바꿨으니까~.

"최애 VTuber와 알콩달콩하는 법…… 알고 싶어?"

알고 싶어? 부분만 목소리를 원래대로 돌렸다.

마치 장난치는 것처럼. 목소리에 살짝 웃음을 머금는다.

· 알고 싶어요!

· 특별히 들어드림 ㅇㅇ

· 있으면 들어줌

· 채팅창 왜 쿨해졌냐ㅋㅋㅋ

· 뭣 다른 회사 VTuber랑 알콩달콩 가능하다고?

· 바로 배신 때리네ㅋㅋ

"솔직하군! 욕망에 충실한 건가? ……후후, 그럼 가르쳐
줄게. 답도 없이 성욕에 충실한 너희를 계몽시켜 주마!"

· 캐릭터 계속 변하는 거 봐

· 아니야! 청순 캐릭터는 성욕 같은 말을 입에 담지 않아!

· 청순이라고 한 적 없음

· 그래서 뭔데

· 빨리 알려줘

나는 슥, 표정을 진지하게 바꾸고 입을 열었다.

"남성 제군, TS하도록. 여자가 되면 알콩달콩할 수 있다고. 그다음엔 노력해서 친화력 기르고."

· ????

· 되겠냐고

· 마지막엔 대충 던지네ㅋㅋㅋ

· 산뜻하게 말도 안 되는 소리 하면 어떡하냐

"가능하지 않아~? 기합으로 말이야. 너희는 성욕으로만 행동할 수 있는 애들이니까, 그 욕망을 노력으로 좀 바꾸는 건 어때? 허접 씨♡"

한 번 더 말하자면.

──나는 메스가키* 캐릭터로 패권을 쥐겠다.

· 뭐야 이 메스가키는…….

· 역시 똥통이었어

· 열받는데 발성이 너무 귀엽다

· 내 마조 정신을 깨우지 말아줘

"아, 그리고 내 목표도 얘기해둘게."

· 아직 뭐가 더 있어?

· 이상한 소리 할 듯

"똥통 소속 방송인을 전원 함락시키는 거야♡"

*건방진 여자 꼬맹이. 캐릭터 속성 중 하나로, 건방지고 비아냥거리는 말투로 상대를 도발한다.

· 함락이 아니라 타락 아님?

· ㅋㅋㅋㅋ

· 메스가키 마법소녀 찐백합 변태는 실환가

· 개성 찐하구만

"너희는 애달프게 우리의 꽁냥꽁냥을 보면서 피나 토하고 있으라구. ……아무튼 콜라보 메인이란 뜻이야."

· 진짜 하렘 차리려나 보네

· 똥통에 없었던 꽁냥꽁냥을 볼 수 있는 건가

· 그 이상한 애들을 어떻게 묶어 놓냐

· 아무리 그래도 안 되지ㅋㅋ

채팅창은 대부분 재미있어 하고 있지만, 아무리 그래도 힘들거란 말도 끊이질 않는다.

사실 이런 발언은 보통 채팅창을 불타게 하는데, 똥통 시청자들은 이상한 인간에 대해 내성이 높고 꽁냥꽁냥에 굶주려 있는 탓에 딱히 그런 게 없다. 재미만 있으면 위험하든 말든 더 해라 더 해, 하고 부추기는 놈들이다. 마인드가 다르다는 거다.

참고로 지금 발언은 거의 진심이다.

함락시킨다고 해도 쉽지 않을 테니, 협력을 요청해서 꽁냥꽁냥 분위기라도 내는 게 최선이겠지. 물론 진심으로 시도할 거지만 가드가 단단하지 않을까아.

"처음으론 젠치 짱을 함락시킬 거야! 콜라보 허가도 받았으니까, 4일 뒤에 다시 봐!"

【생송】 처음 뵙겠습니다 ♡ 하나요리 코하쿠예요 ♡【신인 VTuber】

· 시작부터 루나틱 난이도 고르지 말라고ㅋㅋㅋㅋ

· 굳이 어려운 길부터 가시네

· 젠치는 하지 마ㅋㅋ

· 쿨 고릴라가 함락당할 리가······.

"어렵다는 건 알지만, 포기한다는 선택지는 없다구. ─나도 장난으로 하는 게 아니거든."

비기, 진지 톤 보이스.

나는 목소리 쪽을 단련한 결과 어느 정도라면 어떤 이미지의 목소리라도 낼 수 있다.

목이 쉰 노파도, 기운 넘치는 로리도, 요염한 미녀도.

그래. 나는 어떤 캐릭터라도 소화할 수 있다는 거다.

여러 선택지 중에 나는 최종적으로 메스가키를 골랐다.

왜냐고?

이 캐릭터라면, 무슨 짓을 저지르든 건방져서 그렇다는 걸로 넘길 수 있으니까.

메스가키란 건방짐과 순진무구의 하이브리드.

호기심이 강하면서도 다 알고 있다는 듯이 구니까 사람을 도발하게 된다. 방송인으로서도 어느 정도 인기가 있으니 딱 좋다.

· 힉

· 소름 돋았다

· 쌉간지네

· 갑자기 멋있어지네ㅋㅋ

· 태연하게 하는데 목소리 변화 미친 거 아님?

· 기획 내용은 재밌다ㅋ

· 개인적으로 젠치랑 얽히는 거 보고 싶음

"뭐어. 그렇게 됐으니까 힘낼게~. 다들 응원 잘 부탁해!"

첫 방송은 짧게.

그것이 사무소의 방침이다.

간결하게, 그러면서도 자기 캐릭터성과 목표를 잘 전달해서 시청자의 흥미를 끈다.

방임주의인 주제에 왠지 소속 방송인을 키우는 노하우만큼은 일류라니까~.

"그럼, 또 보자."

그리고 나는 하나요리 코하쿠에서 유메미 렌게로 돌아온다.

헤드셋을 벗어서 마무리.

"지쳤어……. 100% 연기인 것도 아닌데 지치네, 이거."

원래 남자였던 내게 애교 가득한 달콤한 목소리를 내는 건 상당히 괴롭다. 하지만 꿈을 위해서라면 어떤 것이라도 희생할 각오가 되어 있기에, 살얼음판을 걷는 정도의 희생이라면 식은 죽 먹기다.

"그건 그렇고, 젠치 씨구나……."

나는 똥통의 선배인 어느 대인기 VTuber를 떠올린다.

똥통 0기생 소속 젠치라는 VTuber는 졸려 보이는 표정이 기본인 백발 소녀. 붉은 눈동자에 네코미미 헤드셋을

찬 완전무결 미소녀 계열 VTuber지만, 겉보기와는 달리 어떤 방송인이 봐도 너무 지나치다고 깰 만한 방송 스타일로 구독자 수 200만을 기록하고 있다.

0기생이란 지금의 사장── 창립 당시의 부사장이 직접 스카우트한 이른바 선택받은 인물이다.

물론 본인도 사무소도 특별 취급을 받거나 해주는 건 원하지 않는다. 데뷔가 제일 빠른 게 다인 모양이다. 철저한 평등이구나, 하고 생각한다.

아무튼 그건 됐고, 젠치 씨의 방송 스타일은 따라 하려고 해도 따라 할 수 있는 게 아니다.

……음~, 사실 따라 하는 일 자체는 가능할 것 같다. 지금 당장이라도 가능한 거니까.

단지…… 따라 하려고 하지 않는 거다.

나를 포함한 모든 사람이 그럴 거다. 리스크가 말도 안 되게 크니까.

"하하하~, **사생활 방송**이라니 너무 말도 안 되잖아. 전생이랑 똑같네에."

그녀는 지금까지 단 한 번도 방송을 끈 적이 없다.

엄밀하게 말하면 미튜브는 24시간까지만 방송할 수 있기에 한 번씩 끊어지지만, 끊자마자 바로 다시 방송을 시작한다.

'나는 모든 걸 엔터테인먼트로 승화시킬 거야'.

그녀가 첫 방송에서 곧바로 꺼낸 말이다.

그리고 그녀는 그걸 훌륭하게 실천해 냈다.

"신상이 털릴 위험이 그렇게 큰데 말이지……. 실제로 주소도 들켜 버렸고."

물론 그녀는 말도 안 되는 수준의 부자이기에, 수상한 인물은 찾아가려고 해도 경호원에게 붙잡힌다. 고급 맨션 거주는 폼이 아닌 것이다.

성격은 쿨.

전투력은 사무소 최강. 그리고 전설의 히키코모리.

그것이 0기생 젠치(全智)다. 주인공 아냐?

이름의 유래는 완전(全)무결한 지(智)혜. 하지만 수동형이라 **자신의 모든 것을 알게 한다**는 의미다.

그냥 변태 같다.

"VTuber를 위해 인생의 9할을 소비한 나도 훌륭한 변태지. 개변태잖아? 자랑스럽게 생각하니까 괜찮지만."

어찌 됐든, 그런 변태와 콜라보하는 변태가 바로 나.

일단 오프라인 콜라보. 오프 콜라보로써 젠치 씨의 집에 방문하기로 되어 있다. 행동력은 왜 이렇게 좋은 걸까? 친해지는 건 싫어! 같은 성격이면서.

사는 세상이 너무 다르다는 사실과, 동경하던 존재와 만날 수 있다는 사실. 그 두 가지가 머릿속에서 가볍게 딜레마를 일으키고 있다. 안에 든 건 어떤 사람이든 상관없지만 말이야.

껍데기밖에 안 보니까! ……뭔가 엄청 쓰레기 같은 대사

29

네……. 아바타 얘기인 거 알지?

뭐, 아무리 젠치 씨라도 나와 처음 만나는 순간엔 마이크를 꺼둘 테니 그때 컨텐츠 상의와 사람 대 사람으로서의 인사를 해야겠지. 친한 사이일수록 예의를 지키라고 하잖아~? 실제로는 친하지 않지만~. 그럼 그냥 타인으로서 예의를 지켜야겠다.

허무하게 혼자 태클을 걸고 놀면서, 나는 그날을 즐겁게 기다리기로 했다.

* * *

드디어 젠치 씨와 만나는 날이 찾아왔다.

사전에 몇 번 메시지를 주고받으며 인사는 마쳐뒀는데, 역시 내가 동경하던 존재 그대로였다.

누구에게도 아양 떨지 않는 고고한 광견……!

그러면서도 시청자를 소중히 하는 박애 정신.

숨김 없이 자신의 모든 것을 드러내는 배짱과 각오.

"멋있지이……."

나는 그런 존재와 오프 콜라보를 하는 것이다.

오프라니까? 오프. 최애랑 직접 만난다니까? 미쳤잖아. 전생에 남자였으니, 이런 행동은 인터넷에서 무조건 실제로 만나고 싶어 하는 만남충처럼 보이는 것 같기도…… 하지만.

Zenchi

Classy

"그러니까 음소거 없이 집에 들이는 몰래카메라를 계획할게."

· 아, 맨날 하는 그거네ㅋㅋㅋ

· 어이없이 본모습 공개시키기ㅋㅋ

· 보통 걍 쓰레기장 된 집안 꼴 보고 도망치잖아

"쓰레기장 아냐. 쓰레기를 안 버렸을 뿐."

· 우리는 그걸 쓰레기장이라 부르기로 했어요

· #집좀치워라젠치

· #집좀치워라젠치

· 빨간약* 같은 건 괜찮음?

"일단 집에 오면 바로 이름으로 부르기로 했어."

젠치는 조금 뒤 후배인 하나요리 코하쿠와 오프 콜라보를 하기로 약속한 상태였다.

당연히 그녀는 이 방의 참상과 몰래카메라에 대해선 모른다. 하지만 빨간약 같은 부분은 철저하게 관리하고 있기 때문에, 사고를 막기 위해 미리 메시지로 방송인으로서의 이름으로 부르기로 정해뒀다. 개인정보 같은 부분도 말하지 않는 걸로.

사생활 풀 오픈 중인 젠치지만, 그래도 상대에겐 약간의 배려심은 있다.

· 그 메스가키의 본모습은 어떨지

· 의외로 걍 그대로일 듯ㅋㅋ

*버츄얼 유튜버 안에 있는 사람의 실제 모습.

· 목소리도 바꿀 수 있는 것 같았는데 연기 아냐?

· 왠지 성격 더러울 것 같음ㅋㅋㅋ

· ㅇㅈ

· 선배도 깔보는 거 아님?

"깔보면 때릴 거니까 괜찮아."

· 태연한 목소리로 무서운 소리 하지 마

· 진짜 할 수 있는 사람이 말하면 농담이 아니고 협박임

· 이런 사람 밖에 풀어두면 큰일 난다고……

· 어차피 늘 히키코모리잖아

· ㅋㅋㅋ

젠치는 시청자들의 밈 같은 채팅을 대충 넘기고, 컴퓨터로 시간을 확인했다.

현재 시각 13시 40분. 약속 시간까진 20분 남았다.

"……."

젠치는 고고한 VTuber다.

누구와도 함께하지 않고, 혼자서 위험한 외줄 타기 같은 방송을 반영구적으로 계속하고 있다.

(……이번에도 현관에서 나한테 깨고 끝나려나.)

하지만, 젠치는 꼭 고독을 고집하고 있는 게 아니다.

고독은 괴롭다. 아무리 젠치라도 동기도 아닌 후배의 싸늘한 반응을 보면 괴로울 수밖에 없다.

참고로 이유의 7할은 쓰레기장이 된 집안 꼴이다. 집 좀 치워라 젠치.

"얼마 안 남았어⋯⋯."

· 젠치의 오프 콜라보도 오랜만이라 기대되네

· 그래서 이번엔 안까지 들어올 순 있나?ㅋㅋ

· 되겠냐ㅋ

* * *

띠리리링 하고 초인종을 눌러 소리를 내자, 바로 메시지가 왔다. '편하게 들어와'라는 내용이었다.

무섭다. 긴장과 고양감이 섞여서 토 나올 거 같은데? 최애와 만난다니까?! 어떻게 긴장을 안 해?

"에이잇, 될 대로 되라!"

무거운 문을 열며, 최애의 자택에 발을 들인다.

거기서 나를 맞이한 것은————.

"⋯⋯오우."

——대량의 쓰레기봉투였다.

크기는 다양하지만 각종 쓰레기들이 들어 있는 게 한눈에 봐도 명백했다. 그래도 음식물 쓰레기는 없⋯⋯지는 않고 적어서 다행이네.

하지만, 그 너머에 슬쩍 보이는 것은 봉투에조차 들어가 있지 않은 쓰레기들.

동경하던 젠치 씨의 자택은 설마 했던 쓰레기 집이었습니다.

아니, 쓰레기 집인 건 전생에도 알고 있었지만, 설마 이렇게 심각한 상태일 줄은 몰랐다. 있잖아, 그런 거. 집 안 치우는 계열의 VTuber. 하지만 그런 사람들도 인간다운 생활은 유지할 수 있게 관리한다고.

하지만 젠치 씨의 방…… 방이라고 불러주기도 미안한 참상에는 나조차도 말문이 막혔다.

"……스읍——."

눈을 크게 뜬 채 심호흡.

진정하고 나니 각오도 생겼다. 선배니 최애니 존경하는 사람이니 하기 전에——!!

"젠치 씨이이이이이이이!"

쓰레기를 밟아가며 거실로 보이는 방을 향한다.

우와, 왜 이렇게 깜깜해. 컴퓨터 앞에 앉아 있는 건——아, 엄청난 미인……이 아니라!

"……왜."

새하얗고 긴 머리칼을 가진 여성.

전생 특전(?)을 가진 나와도 비견될 만한 미모. 키는 조금 작고 가슴도 작은 편이지만, 어디선가 흘러나오는 어른의 색기가 있었다.

단정치 못한 구깃구깃한 흰색 무지 티셔츠와 핫팬츠를 입은 젠치 씨는, 점잖게 말해도 최고——야——섹——아니 대단했다.

응? 그러고 보니 아바타 모습 그대론데?!

현실인 데다 3차원이니 다소의 차이는 있지만, 젠치 씨의 외모는 계속 봐왔던 젠치 씨 그대로였다.

미소녀가 모니터를 뚫고 나온다는 게 진짜 있는 일이었구나…….

뭐, 그런 건 됐고 지금은——.

"처음 뵙겠습니다. 2기생 하나요리 코하쿠예요. 동경하던 젠치 씨와 만날 수 있어서 영광입니다만, 일단 청소시켜 주세요오오옷————!"

"……?"

무슨 소릴 하는 거지, 라고 말하고 싶은 눈으로 목을 기울이며 이쪽을 보는 젠치 씨. 전생에서는 가정부가 청소를 해주고 있다고 들었는데, 이번 세상에선 다른 모양이다.

이것도 내가 있어서 생긴 차이일지는 모르겠지만, 이런 환경이면 집중을 할 수가 없다.

"뭐 버리면 안 되는 거 있습니까!"

"없어…… 아마도."

"알겠습니다! 필요해 보이는 게 있으면 여쭤볼 테니까 잠깐만 기다리세요! 그리고 청소 도구 좀 사 올게요!"

"처, 청소 도구는 안 쓰고 있지만 안쪽 선반에——."

"알겠습니다!"

뭐가 뭔지 모르겠는 상태인지, 젠치 씨는 당황하면서 대답을 해주었다. 살짝 결벽증 같은 나는 이런 상황에서 무적이다.

젠치 씨의 대답을 대충 들으며 선반에서 청소 도구를 손에 넣었다. 쓰레기봉투도 잔뜩 있구만. 손이 근질거린다.

"청, 소~♪"

나는 의외로 청소를 좋아한다. 깨끗해지는 모습도 그렇고, 기본적으로 보람이 있다. 새로운 나로 다시 태어나는 듯한 느낌이 드는 것이다.

"나, 도…… 도울까……?"

경직 상태에서 회복된 젠치 씨가, 흐느적흐느적 일어나 우왕좌왕하며 내게 물었다.

"마음은 감사하지만 발 둘 공간도 제대로 없는 상황이라 계속 앉아계셨던 거겠죠! 그 상태에서 걸어 다니다 쓰레기에 발이라도 걸리면 위험하니까 제게 맡겨 주세요!"

팟, 하고 경례 포즈로 말하는 내게 젠치 씨는 "아, 알았어"라고 답하며 철푸덕 다시 주저앉았다. 늘 보던 의연한 말투의 그녀와는 좀 다르다고 생각했지만 일단은 청소가 우선이다.

물론 내 말투도 뒤죽박죽이긴 하지. 하지만 동경하던 존재와 만났는데 갑자기 청소부터 해야 하는 상황이면 이럴 수밖에 없다니깐. 이해해 줘. 나는 아직 이해가 안 됐지만.

그로부터——.

"아, 청소하느라 시간이 꽤 지났네요. 그 사이에 계속 음소거였을 것 같은데, 방송은 괜찮나요?"

라고 물었다.

딱딱하게 구는 젠치 씨.

그리고 몇 초 뒤엔 내가 굳을 차례였다.

"……미안. 사실 계속 방송 중. 음소거 안 해뒀어."

"……스읍━━━━━━━……."

좋아, 진정해, 진정해. 심호흡을 하는 거야.

사고를 포기하지 마, 생각을 멈춘 인간은 대부분 아무것도 하지 못하니까!

나는 비틀비틀 컴퓨터 쪽으로 다가간다.

· 아, 보임? 메스가키(웃음) 씨ㅋ
· 【속보】 첫 방송 이후 며칠 만에 정반대의 캐릭터임이 들키다
· 몇 시간이나 젠치를 위해 청소해 준 성인이 여기 계신가요
· 어라? 어라어라어라?
· ㅋㅋㅋㅋㅋㅋ
· 도발 미쳤네

"──끝났다……. 모든 게 끝났다……아앗!"

"뭔가, 미안."

· 사과해라 젠치
· 젠치가 잘못했네
· 뭔가 이러네ㅋㅋㅋㅋㅋ
· 이거 젠치 함락된 거 아님?
· ㄹㅇ ㅋㅋ
· 그럴(쓰레기 집 보고도 안 도망치고) 만도(웃으면서 청
  소해 주는 데다 선배에 대한 예의와 존경도 있음) 하다
· 이 정도면 그냥 함락당하자

……아직이야! 아직 복구 가능하다……!

할 수 있어! 포기하지 마, 나!

"하항, 뭘 속고 있는 거야, 이 오타쿠 놈들♡ 전부 연기
인데? 이미지 관리 몰라? 어라라? 설마 정말로 내가 다정
하고 귀엽고 선배를 생각하는 사람이라고 믿고 있던 거야
아……?"

· 목소리 떨리는데
· 눈물 글썽이는 거 다 보임
· 전혀 안 숨겨짐ㅋㅋ
· 역효과 아님?ㅋ
· 다 들켰다니까ㅋㅋㅋ

"덴댜앙."

"뭔가, 미안……."

분함을 못 이긴 내 눈물에, 젠치 씨는 꽤 진심으로 반성하는 듯한 목소리로 반응했다. 아냐, 이런 상황을 예상하지 못한 내 실수다.

젠장, 이게 말이 돼?

나 진짜 운다?

아, 이미 울고 있었지.

……어쩌지, 이거.

* * *

"……아무튼, 2기생 하나요리가 우리 집에 왔어."

"아무튼으로 넘기는 건 좀 많이 무리가 있지 않나요!!"

· ㅋㅋㅋㅋㅋㅋ

· ㅋㅋㅋㅋㅋㅋ

· 그냥 넘어가려고 하네

· 넘어가고 싶은 건 하나요리 아님?ㅋㅋㅋㅋ

· ㄹㅇ ㅋㅋ

그건 그렇지만!

못하잖아! 이미 엎질러진 물이잖아!

내가 강하게 태클을 걸자, 젠치 씨는 눈에 띄게 의기소침해졌다.

"나도…… 이렇게 될 줄은 몰랐어……."

"웃, 저도 음소거해달라고 한 적은 없고, 젠치 씨는 늘 몰래카메라를 했었죠. 예상 못 한 저도 잘못했네요."

"……멈추려고 했는데, 생각보다 너무 청소를 잘해서 타이밍을 놓쳤어."

"쓰레기 집인 게 잘못이죠."

"무서워."

· 그건 그래

· 다 감안해 줘도 젠치가 잘못한 듯

· 이 메스가키 청소에 상당한 열정이 있다

· 젠치가 솔직하게 사과하다니 진짜 보기 힘든데ㅋㅋ

· 착하구만

"그래그래, 내가 착하다니 뭐니 떠드는 동정 오타쿠는 입 다물도록 해."

· 이젠 오히려 츤데레로 보이네

· 화도 안 남

· 앞으로 포지션 어떻게 가야 하냐 이거ㅋㅋㅋㅋㅋ

나도 몰라.

메스가키는 메스가키(웃음)이 되었다. 선배들에게 메스가키 포지션으로 꽁냥꽁냥을 보급받는 것도 불가능해졌다.

· 젠치가 홍조……?!

· 찐으로 함락될 거 같은데

· 하나요리 ㄹㅇ 하이스펙 기만자였음?

인공 하이스펙입니다만.

방송 빼고는 공부랑 레슨밖에 없었으니까. 이렇게 되고 싶어? 영원히 VTuber밖에 생각 못 하는 몸이 될 텐데? 그 앞은 수라라고.

"이거, 함락 가능할지도…….'

작은 목소리로 중얼거린다.

쉬운 여자라고까진 못하겠지만, 그렇다고 흔히 인식되는 것처럼 냉철하고 매사에 무관심한 정도도 아니다.

감정을 겉으로 드러내는 게 서투를 뿐인 거구나. 평범한 여자애잖아.

"그 목소리 바꾸는 거, 원래부터 할 수 있던 거야……?"

"아뇨, 어릴 때부터 연습했어요. 목을 계속 혹사시키면 의외로 가능하다고요!"

"절대 못 해……. 그리고 가능해도 아무도 안 해."

"모든 건 꽁냥꽁냥을 위해서예요."

"눈이 진지해서 무서워."

· 하나요리 어린 시절 신경 쓰이는데ㅋㅋ

· 성우 같은 거 하려고 했나? 지금이라도 그냥 가능할 듯

· 진짜 약 빨았네

· 꽁냥꽁냥에 목숨 걸었구나

"······그건 그렇고, 젠치 씨. 정말 예뻐요. 관리도 안 하는 것 같은데 피부는 말끔하고, 애쓰는 여자들이 보면 진심으로 빡칠 거 같은 윤기예요."

"관리가 뭔데······?"

"하, 저 빡쳐도 될까요????"

· 애쓰는 여자였냐고ㅋㅋㅋ

· 복선 회수 개빠르네ㅋㅋ

· 그러고 보니 세수 말곤 하는 거 없는 듯

· 젠치 시청자는 다 사생활 알고 있으니까······.

너에 관한 건 전부 알고 있으니까!(물리)

뭐······ 자기가 개인정보를 공개하고 있으니까 어쩔 수 없지. 그 부분만큼은 따라 할 수가 없다. 무섭잖아. 날 지킬 능력도······ 있기야 있지만.

"젠치 씨는······ 뭐 이대로도 괜찮겠네요. 이미 완전체니까요."

"무슨 소린지 모르겠지만 하나요리도 이대로 괜찮다고 생각해."

"현재진행형으로 캐릭터가 어긋나고 있는데도요?"

"그게 하나요리."

"도발하는 거죠?"

그런 대화를 나누는 사이, 시간은 저녁을 지나 밤이 되어 있었다. 계속 차광 커튼을 쳐 뒀으니 시간 감각이 애매해져 있던 거다. 젠치 씨는 원래부터 시간은 상관없이 하고 싶은 대로 하던 모양이지만.

그때 옆에서 꼬르륵, 하는 귀여운 소리가 울렸다.

"……배고파."

배에 손을 대고 중얼거리는 모습이 어린아이 같아서, 나는 킥킥 웃으며 제안했다.

"괜찮으시면 저녁 차려 드릴까요? 일식, 양식, 중식 뭐든지 가능해요."

"컵라면이라면 있는데……?"

"영양 밸런스가 깨지니까 안 돼요. 수명이 줄어든다고요."

"으, 알았어. 부탁해."

"알겠습니닷."

척, 하고 능청스럽게 경례를 하며 웃는다.

나에게 이끌려 젠치 씨도 미소를 지었다. 역시 귀엽다.

나는 청소를 하며 파악해 둔 방의 배치를 떠올리며 주방으로 향한다. 냉장고도 설비가 다 크고 기능도 많다. 부럽다.

"하아……."

그리고, 예상대로 냉장고 안에 조미료밖에 없는 걸 확인한 나는 재빨리 지갑을 들고 말한다.

"잠깐 장 보고 올게요. 드시고 싶은 거 있어요?"

"……햄버그."

"네네, 알겠습니다. 다녀올게요."

"응. 돈 낼게."

"괜찮아요. 얌전히 후배한테 얻어먹으세요."

그렇게 웃은 나는 젠치 씨의 집을 나섰다.

역시 누군가를 위해 행동하는 건 기분이 좋다. 복도의 선선한 바람을 맞으며, 막연히 그런 생각을 했다.

전생에서도 남 돌보기 좋아하는 성격이라는 말을 들었지만, 이쪽 세상에서도 그게 발휘되는 모양이다.

내 입장에선 진짜 그런가? 싶지만.

＊ ＊ ＊

한편 그 무렵.

"……함락당하겠어."

· 자업자득인듯ㅎ

· 목소리 왜케 심각한데ㅋㅋㅋㅋ

· 이미 하나요리 마망이잖아ㅋㅋㅋ

· 어찌어찌 제대로 접해준 건 하나요리가 처음 아닌가

· 리얼 러브스토리를 보고 있는 기분임

3.

솔로 VTuber는, 그럼에도 메스가키 컨셉을 도금한다 #함락시켜하나요리

는 거라면 자신의 힘만으로, 라고 까진 말 안 하겠지만, 가슴을 펴고 자기 이름을 말할 수 있을 만큼은 성장하고 싶다.

아무리 연구를 거듭했다 한들, 아직 난 VTuber 1년 차.

"좋아, 구독자가 줄지 않도록 노력할 거야!"

일단 한동안 더 늘지는 않을 테니까 말이지.

콜라보 메인으로 가고 싶지만 콜라보 허가에도 시간이 걸리고, 오프 콜라보 같은 건 거의 없을 거라 생각한다.

그렇게 기합을 다시 넣는데, 메시지 어플 【더 코드】에서 공지가 왔다.

"으응?"

칠흑검사 참치마요 『처음 뵙겠습니닷. 같은 2기생인 참치마요예요!』

"와우. 이름값 못한 아싸 짱이잖아. 무슨 일일까나."

상대는 나 다음으로 방송을 했던 똥통 2기생 【칠흑검사 참치마요】.

뭐 하는 중2병 캐릭터인가 했더니, 그냥 커뮤니케이션 장애가 있는 아싸 캐릭터였다. 난 가볍게 뽐었었다. 이름 값 못하는 것도 정도가 있지.

하지만, 그녀는 그 풋풋함과 **이상 행동**으로 널리 인기를 얻고 있다. 역시 똥통 퀄리티.

비주얼은 한쪽 눈을 가린 흑발에 파랗게 부분 염색을 하고, 일본도를 찬 일본풍 미인. 키 포인트로 장착된 여우 가면은 일부 사람들의 성적 취향을 정확히 자극할 것 같다.

칠흑검사라는 건 대체……? 그렇게 생각했지만, 따지고 들면 지는 것 같은 기분이다.

머리 길이는 보브컷 정도. 항상 가볍게 홍조를 띠고 있는 게 특징인데, 말투와 목소리까지 어우러져 굉장히 어울린다.

그 방울 소리 같은 투명하고 아름다운 목소리엔 나도 치유받았다.

————

하나요리 코하쿠 『처음 뵙겠습니다. 2기생 하나요리예요. 무슨 일이신가요?』

칠흑검사 참치마요 『앗, 답장 감사합니다! 콜라보 신청이 하고 싶어서 연락드렸어요!』

하나요리 코하쿠 『콜라보 말이죠. 매니저의 허가만 받으면 상관없어요. 하지만 함락시킬 건데 괜찮으신가요?』

칠흑검사 참치마요 『그렇게 쉽지 않으니까 괜찮아요!』

————

"허허, 그렇게 나오시겠다?"

"도발하고 있는데 진정하지 말라고!"

· 참교육 다 끝난 메스가키 같아서 아님?

· 자업자득

· 하나요리 마망~

"누가 마망이야. 동정 오타쿠 따위 돌봐주고 싶지 않다구. 어차피 지금도 침대에서 감자칩이나 먹으면서 보고 있겠지? 청소 좀 하지그래?"

· 뜨끔

· 마망 맞네ㅋㅋ

· 갑자기 새어나오는 모성ㅋ

· 동정이라고 하지 마

동정은 중요한 거라고.

VTuber에 너무 빠진 나머지 동정으로 생과 성(性)을 마감한 내가 말하는 거니까 틀림없다. 이 이상 설득력 있을 순 없다구.

"뭐, 그건 됐고. 아침에 일어나니까 구독자가 늘어서 엄청 놀랐거든! 뭔가 음모가 있는 거 아닌가 의심했어. 이것도 젠치 씨의 빨개진 얼굴 덕인가아~. 귀여웠지이, 그거. 안 됐네~, 햄버그 먹을 때 입꼬리 씰룩거리면서 웃던 걸 못 봐서어~. 젠치 씨는 쿨 고릴라니 뭐니 하지만, 평범한 여자애라구."

· 꽁냥꽁냥에 목숨 건 여자라 장난 아니네

· 평생 치 영양 보급 ㄱㅅ ㅎㅎ

4. 현실세계에서도 발휘되는 찐백합 과격파

이래 봬도 나는 아리따운 여고생이라는 전설적 존재다.

VTuber가 되기 위해 중졸로 끝낼 생각도 안 해본 건 아니지만, 2초 정도 망설이다 포기했다.

단순히 디메리트가 크다는 이유도 있고, 사회 경험을 쌓는 것도 성장으로 이어진다는 것을 알고 있었기 때문이다.

지금은 인생 2회차지만 전생에는 남자였으니, 여고생으로서의 경험도 중요하지. 그 덕에 어느 정도 여자애로서 사람들과 접할 수 있게 된 것이다.

"그래도 학교 가기 귀찮은 건 그때나 지금이나 똑같네에…… 졸려."

아침에 일어나, 머리가 굳은 상태로 그런 말을 중얼거린다.

부모님은 일 때문에 집에 안 계신다. 거의 돌아오시는 일이 없다. 그야말로 라노벨 주인공 같은 편리한 설정!

……사실 VTuber 하는 것도 알고 있으니 계셔도 불편한 건 없지만 말이지. 방송하는 목소리가 들린다 해도 긍지를 갖고 심혈을 기울여 하고 있는 거니 부끄러울 일이 아니다.

"다른 건 몰라도 아침이 귀찮아……."

여자애는 준비해야 할 게 너무 많다. 준비만으로 1시간은 금방 녹아버리니 우습게 보지 말라고, 여자애를.

남자이던 시절이 그립기도 하고, 좀 더 신경 쓰고 살 걸 하는 후회가 생기기도 하고.

"좋아, 오늘도 귀여워."

대강 준비를 마친 나는 거울을 보며 멋진 포즈를 취한다.

평소처럼 한번 보면 포로가 되어 버리는 미소녀가 비친다. 나르시시스트든 뭐든 멋대로 불러라. 귀여운 건 사실이니까!

"다녀오겠습니다~."

아무도 없는 집에 고 투 스쿨 인사를 마친 뒤, 나는 학교로 향했다.

아, 맨발이었네. 너무 춥습니다만.

* * *

"어김 없이 성추행당할 만큼 야하네. 안녕."

"그 인사는 좀 아니지 않아? 칭찬이 아니라 욕이잖아."

친구 한 명이 히죽히죽 미소를 지으며 인사했다.

갈색의 보브컷.

항상 히죽거리는 장난스러운 미소를 짓는 게 특징인, 흔히 있을 법한 외모의 소녀.

카와나이 에리코다.

나는 친밀함과 경의를 담아 이 녀석을 카와나이라고 부르고 있다*.

---

*일본에선 원래 친밀한 사이에 성이 아닌 이름을 부른다.

그런 카와나이의 인사는 동성이 아니었다면 성희롱 확정이다. 아니, 동성이어도 확정이잖아.

뭐 성추행당할 것 같다는 건 어찌저찌 틀린 말이 아니다. 출퇴근 시간엔 대중교통을 못 타니까. 100% 성추행당하기 때문이다.

남자의 취향을 전부 녹여 만든 듯한 나.

지금도 교실에 있는 남자들의 야릇한 시선이 느껴져요, 느껴진다고요. 이놈들 가슴을 너무 보는 거 아닌가.

유일하게 그런 눈으로 보지 않는 건 우리 반 최고의 미남뿐이다.

뭐, 그 자식은 취향이 비뚤어졌으니까.

"오늘 1교시부터 체육인데? 힘 빠지지 않아?"

"그래? 난 체육 좋아하는데?"

친구는 싫은 모양이지만, 나는 전생부터 이어져 온 성향이 있어 체육을 잘하고 좋아하기도 한다. 남자에게 지지 않을 정도의 신체 능력도 가지고 있고. 인공 하이스펙을 얕보지 말라구.

"엑——……. 렌게는 무방비하니까 그런 소리 할 수 있는 거야. 남자랑 합동으로 할 때 봐봐. 걔네 진짜 가슴밖에 안 본다고."

"보기만 하는 거면 봐도 돼. 손이 닿는 건 아니니까."

"우와, 자비 없네. 하하, 뭔가 명언 같아서 웃겨!"

나는 찐백합파다.

아니, 무슨 새도 복싱을……. 그 자리 고른 건 카와나이
거든.

……뭐, 이런 이유일 거라는 건 예상했다. 행동을 수반
하는 질투란 항상 공격이 되기 마련이니. 그 수단이 말싸
움이든 물리적인 공격이든, 참 귀찮은 일이다.

내가 귀여운 게 잘못인가…… 아마 그렇겠네!

이어서 은발이 입을 연다.

"그래, 너 귀엽지. 근데 그게 마음에 안 들어. 너 같은 거
한테 코우키 군은 어울리지 않아. 우리도 그렇고. 코우키
군은 아무랑도 사귀지 않았으면 좋겠다고."

"그래?"

뭐야, 그냥 민폐 오타쿠잖아.

최애가 현실에 있을 뿐 나랑 똑같네. 뭐, 최애에게 미소
녀가 접근한다면 나도 가만히 있기 힘들겠지. 이해된다.

이 학교 귀찮은 애들 너무 많은 거 아냐? 나 포함.

그리고, 미남 군은 2차원 세계에만 흥미가 있어서 아무
랑도 안 사귈 거라 생각해.

……뭐 갑자기 '신부가 생겼어' 같은 소릴 해서 두 사람
의 뇌를 파괴할 가능성은 있을지도 모르지만.

그건 어쩔 수 없지.

……단지 이런 일이 계속 생기는 건 너무 귀찮다.

멘탈적으로도 시간적으로도 너무 아깝잖아?

"가만히 있지 말고 무슨 말이라도 해보지?"

금발 갸루의 말에 나는 행동에 나선다.

3미터 정도였던 거리가 좁혀져 간다. 둘이서 '뭐, 뭔데'하며 당황하지만 신경쓰지 않고, 난 그녀들을 벽까지 몰아세운다.

"있잖아, 너희 둘. 만약 내가—— 여자애를 좋아한다고 말하면 어떡할래……?"

목소리가 변한다.

허스키 보이스 in 1/f 진동.

둘을 한꺼번에 벽치기 하고 귀에 숨을 불어넣는다.

""——읏, 흐으.""

둘은 똑같이 얼굴을 빨갛게 붉히고, 허리에 힘이 빠진 듯 그 자리에 주저앉는다. 의외로 귀여운 구석도 있잖아?

몇 분 뒤. 둘은 정신을 되찾고 비틀거리며 둘이서 토씨하나 틀리지 않고 똑같은 말을 했다.

""다, 다양성의 시대니까 괜찮지 않을까요…….""

"그렇게 말하는구나……. 하하핫, 농담이야. 난 연애에도 흥미 없고 너희들 마음도 나름 알 것 같으니까, 가까이 가지 말라고 하면 그렇게 할게. 원래 같은 반 임원일 뿐 대단한 연관도 없고."

이러면 어때? 라고 둘에게 묻자, 아직 충격에서 벗어나지 못한 건지 흐느적 흐느적 힘없이 고개를 끄덕이고 떠나갔다.

칭찬받을 만한 행동은 아니었지만, 정면에서 나름의 이

유와 솔직한 감정을 전한 부분은 호감이라 할 수 있다. 딱히 화난 것도 아니고, 이건 이것대로 청춘 같아서 난 좋아.

……문제는 내가 TS 찐백합 VTuber였다는 거지.

5. 이름값 못하는 100엔 주먹밥 계열 VTuber #연기파VTuber

분명 나는 TS 찐백합 버타쿠 과격파 VTuber지만, 그렇다고 강압적인 수단으로 함락시키려는 건 아니다. 어디까지나 조교…… 아니, 동의하에 가볍게 넘어와 주길 바라는 것이다.

그런 조건이라면 딱 젠치 씨에게 했던 것처럼 '뒷바라지 전문, 거의 가족……?!'은 나쁘진 않다. 사실 쓰레기 집이었으니 불가항력이었지만.

"참치 짱은……음—, 그걸로 갈까. 잘 되면 즉시 함락도 될 것 같지만, 그렇게 쉽진 않겠지이?"

멋지게 플래그를 세워 두었으니 무사히 회수되었으면 좋겠다.

하지만 이번엔 오프 콜라보가 아니니까 직접 어필할 수는 없다. 나의 화술과 노력의 성과가 모든 것의 열쇠가 되겠지.

역시 VTuber니까 아바타로 함락시켜야지……! 그것이 야말로 진정한 꽁냥꽁냥……! 시청자들이 바라고 있는 것이다.

"후후후……! 기대되네에."

함락시키고 말고를 떠나, 실제로 VTuber로서 방송하는 건 즐겁다. 꿈이었으니까. 꿈을 위해 노력하던 시절도 즐거웠다.

그래도 꿈을 이룬 뒤가 더 즐겁다는 건 정말 행복이네──.

동경하던 무대에 나는 서 있다.

그러니 가슴을 펴고, 모든 사람에게 보답하는 거다.

* * *

"어, 어둠에 삼켜진 칠흑검사, 참치마요입니닷! 오, 오늘은 처음 해보는 콜라봅니댜……아, 혀 씹었다……."

· 이게 아싸 사무라이지

· 귀엽

· **이름값 좀 해ㅋㅋ**

일본풍 미인, 참치 짱의 스탠딩 일러스트가 표시되었다.

이번엔 참치 짱의 방송에서 콜라보를 하기로 되어 있다. 사무소 측의 희망사항인 듯하니, 내 구독자를 부드럽게 유입시키려는 생각이려나.

시작하자마자 자신의 캐릭터성을 선보이는 참치 짱에게 쓴웃음을 지으며, 나는 스탠딩 일러스트를 띄우고 말했다.

"내숭 쩌네."

"너무해……?!"

· 너만큼은 아님

· 네가 할 소리냐ㅋ

· **연기 말고 진짜로 아싸인 참치마요를 본받아라**

"진짜로 아싸면 절대 본받고 싶지 않잖아. 그건 참치 짱의 아이덴티티라구."

"아싸가 아이덴티티라는 건 제 마음이 좀 그런데요오……!"

"개성이야 개성."

"바보 취급 하고 있어어……."

내 시청자인 듯한 사람들이 장난을 걸어오지만, 장난감 취급을 받는 건 참치 짱인 것 같다.

세금 포함 100엔 주먹밥, 같은 소리를 듣고 있으니까 말이야. 별명도 긴데 값싼 취급받는 거 너무해.

· 호칭이 참치 짱이라고?! 둘이 사이 좋았던 거야?

· 이 조합은 좀 의외인 듯

· 하나 × 참치 개념인가

· 젠치가 보고 있다

"응? 호칭? 어제 있지——. 존댓말 안 해도 된다고 하길래 이렇게 됐어. 그냥 대충 부르는 건데."

"엣, 신뢰를 담은 호칭이 아니었던 건가요? 꽤 기뻐서 살짝 점프한 제 순정은?"

"그건 네가 아싸라서고."

"끄악……."

어제 처음으로 메시지 나눈 상대한테 신뢰고 뭐고 있을 리가 없잖아. 개인적으로 마음에 들긴 하지만. 방송도 보고 있고.

똥통 방송은 동기든 선배든 전부 보고 있다. 함락시키기 위한 연구이기도 하고, 잊고 있을지도 모르지만 버타쿠니까.

· 참치 괴롭히기 꿀잼

· 진도 빠르네ㅋㅋㅋ

· 무자비ㅋ

· 이게 100엔 퀄리티지

"그, 그건 일단 됐고요. 이번엔, 저를 함락시킨다고 했던 하나요리 씨에게 한방 먹여주기 위해 생각을 해 왔어요."

"호오, 뭘까나. 【더 코드】에서 그렇게 쉽지 않으니까 괜찮아요! 라고 큰소리치던 실력을 보여주는 거겠지이⋯⋯?"

"힉! 너, 너, 너무 거창한 건 기대하지 말아주세요!!"

재밌다.

아, IQ가 떨어진 것 같아. 안 되지 안 되지.

너무 반응이 좋으니까 나도 모르게 놀리게 된다. 이게 참치 짱의 무기 중 하나인가. 콜라보하기는 쉽겠네에.

· 하나요리한테 엄청 쫄았네ㅋㅋ

· 그냥 메스가키(웃음)인데ㅋㅋㅋ

· 결코 (웃음)은 빠지지 않는 게 찐팬이네요

그런 채팅이 흘러가는 와중에, 조금 텀을 두고 참치 짱이 말을 꺼냈다.

"이, 이름하여! 함락되기 전에 함락시켜 버리자 작전이에요!"

"어떻게?"

"유혹이에요, 유혹! ⋯⋯우훗~."

요염한(본인 왈) 목소리로, 갑자기 참치 짱이 유혹(본인 왈)을 시작했다.

내가 어떻게 반응해 줘야 할지 난감해하고 있었더니, 참치 짱은 눈물이 그렁그렁한 게 화면 너머로도 전해질 만한 목소리로 외쳤다.

"무슨 말이라도 해주세요오……."

"아니, 미안. 전개가 너무 갑작스러워서. 너무 연약한 거 아냐, 참치 짱? 메스가키인 나도 도발하기 힘든 수준으로 허약해."

"우으……. 혼자서 할 땐 어찌어찌 잘 하는데에. 처음 하는 콜라보라 들떠 있었다는 걸 감안해 주시면 안 될까요……?"

"내 첫 콜라보가 대실패했던 걸로 도발하는 거지? 으응?"

"히익, 그건 그것대로 성공이었잖아요!! 꽤 좋았다고요! 그때 하나요리 씨. 저도 실시간으로 마망이라고 불러 버렸어요!"

"그런 정보는 달라고 한 적 없거든. 유혹은 됐으니까 다음으로 가자."

· 너무 연약ㅋㅋㅋ

· 지켜주고 싶은 게 아니라 이건 못 지킨다고 (장난 아님) 포기할 정도ㅋㅋ

· 너무 막 대하잖아ㅠㅠ

· 솔직히 그건 성공이었지ㅋㅋ

· 수치만 보면 성공 맞지. 멘탈 쪽은 모르겠다

· 그래도 젠치 함락시켰으니 된 거 아님?ㅋㅋㅋ

시끄러워!

실패라면 실패인 거야!

그 방송에서 내가 한 거라곤 청소랑 요리가 다인데??? 집안일 방송이야? 잡담 콜라보 하러 갔던 거라고!!!

"그, 그럼 서로 취미 얘기라도 하는 건 어떨까요?"

"좋네좋네. 참치 쨩부터 말해봐."

"알겠어요! 그럼 외람되지만 모쪼록 이야기 해보도록 하겠습니다!"

"오, 딱딱해서 사무라이 같네."

아무래도 서로 취미를 이야기하는 시간인가보다. 이거 미팅이야?

……그런데, 이걸 이야기하게 두면 꽤 위험한 사태로 발전한단 말이지. 알면서도 나는 내버려 두고 있다.

함락시키기 위해.

채팅도 예상대로 빨라지고 있다.

· 이거 위험한데

· 하나요리가 막아봐 위험하다고!!

· 취미만은 말하게 두지 마

· 아── 방송 조졌네

· 목욕하려고 했는데 밤샘 확정이네…….

지금부터, 참치 쨩의 독무대가──.

"저는 소설이나 만화 같은 읽을거리를 좋아해요! 특히 이세계 판타지가 제일 좋은데요! 자주 저를 캐릭터에 대입시키거나 오리지널 설정을 만들어서 망상하거나 해요!"

──시작──.

"뭐부터 말할까요……. 에헤헤. 저는 이런 상황이라면 연약한 공주님이라든가? 하나요리 씨한테는 호위기사 같은 것도 어울릴 것 같네요. 기도 세고 심지가 곧으시니까요. 아아아…… 뭔가 영감이 막 솟아올라요오!

──아아, 여행 도중에, 공주는 도적에게 습격당해 궁지에 몰리게 되는데! 힘도 없고 아무것도 없는 제가 눈물을 흘리면서 '그만두세요! 누군가 도와줘요!'라고 외치는 거예요. 하지만 안타깝게도 아무에게도 전해지지 않고, 믿고 있던 호위기사도 도적과 싸우는 중! 저는 도적의 번질거리는 천박한 시선을 받고 공포에 떨죠! 그리고 도적의 더러운 손이 제게 다가오던 그때! 박력 있게 나타나 도적을 타도한 호위기사가 이렇게 말하는 거예요!"

──되지 않는다.

지금이다. 의식과 목소리를 바꾼다.

참치 짱의 설정을 떠올려라. 나는 지금 호위기사.

늠름하고, 강하다. 공주를 경애하며…… 목소리는 높고

씩씩하다. 그런 기가 센 여기사를 떠올리는 거다.

자, 큰일이다. 공주님이 위험해.

이런 때에 나는 뭐라고 할까?

""괜찮으십니까! 공주님!""

· !!?!!?!!?!!

· 엥? 하나요리 뭐임??

· 소름 돋았네

· 그런 전개야? 좋은데?

· 여기 연기할 타이밍이었구나

· 뭔가 장면이 보이는 거 같음

"……웃."

숨이 새어 나오는 게 들렸다.

그녀가 제정신으로 돌아왔으리라 짐작한 나는, 노림수 가 성공했다며 숨을 뱉는다.

──칠흑검사 참치마요에겐 망상증이 있다.

그것도 방송 중에 몰두해서 정신이 팔릴 정도로 심각한.

그녀는 첫 방송에서 취미에 대해 말하다가, 그 결과 먼 치킨물 여주인공의 망상을 11시간 동안 떠들었다.

마지막엔 히로인과 키스를 하고 끝난다는 내용이었으 니, 백합 적성은 있다.

그걸 알게 된 나는 일부러 취미를 이야기하도록 유도하 여 연기를 끼워 맞추는 데 성공했다.

그녀는 첫 방송 이후, 자신의 망상증을 누구에게도 이해받지 못하고 꺼림칙하게 여겨지는 나쁜 버릇이라고 이야기했다. VTuber로서라면 받아들여지는 것 아닐까 생각했다고. 그런데 너무 즐거워서 장시간 이야기해 버렸고, 앞으로는 좀 자제하겠다고.

하지만 나는 그걸 나쁜 버릇이라 생각하지 않는다.

망상 정도는 누구나 하는 법이다. 테러리스트가 학교에 쳐들어와서, 자신이 호쾌하게 물리치는 상상. 남자라면 누구나 지나는 길이다.

위기의 순간 달려오는 미남도, 나는 몰라도 여자애라면 누구나 지나는 길일 것이다. 백마 탄 왕자님 같은 느낌으로 말이지.

그게 확대된 것뿐 아닌가.

남들이 부정하더라도 나는 부정하지 않는다. 그만큼 상상력이 있는 거라고 칭찬하고 싶다.

하지만, 그 마음은 말로 해선 전해지지 않는다.

이것은 참치 짱에겐 뿌리 깊은 문제.

지금 그녀는 망상에서 깨어나, 또 저질러 버렸다고 후회하고 있겠지.

그러니까——.

——행동으로 보여주자.

"계속하자, 참치 짱."

목소리를 원래대로 돌린 내가 참치 짱에게 말했다.

거짓이 아닌 본심으로 이야기하는 것이다. 이런 타입은

콜라보】 절대 함락당하지 않을 거예요……! 【하나요리 코하쿠/칠흑

대개 거짓말에 민감하니까. 내가 전생에 그랬듯이 말이다.

"……괘, 괜찮을까요?"

"당연하지."

불안한 듯 묻는 참치 짱에게 즉답하고, 다음 내용을 재촉한다.

"훌쩍……. 네, 네에! 원하신다면 계속해야죠! 그래요! '아아, 구해주셨군요, 나의 기사님!'"

"'당신을 위해서라면 어디든 달려가겠습니다. 저는 공주님의 호위기사니까요.'"

——5시간 후.

"——끝."

참치 짱의 그 한마디에 나는 연기를 멈춘다.

힘이 쭉 빠진다. 연극 같은 형식이라 상당한 체력이 소모됐다. 단련을 해온 나도 지쳤는데, 참치 짱은 계속 기운 넘쳤으니 대단하네.

연극이 끝나고 채팅도 빨라진다.

이렇게 길게 했는데도 시청자는 거의 변하지 않았다. 3만 명이나 되는 사람이 있다.

작업하면서 이어폰을 끼고 들었던 사람도 꽤 있는 모양이지만, 그래도 이건 참치 짱과 내가 엮어낸 연기의 성과다.

· 뭔가 대단하네

* * *

방송이 끝나고, 나는 의자에 등을 기댄 채 몸에 힘을 빼고 중얼거렸다.

"중간부턴 그럴 생각 없었는데 말이지이……."

뭐 잘됐나.

이걸로 참치 짱도 조금 자신감이 붙었을 테고.

참치 짱은 무사히 구독자가 급증했다.

겸손 빼고 말하자면 나와 참치 짱의 노력의 성과다. 나만 노력했다면 참치 짱은 성장이 정체되었을 테고, 참치 짱만 노력했다면 기회가 열리지 않았을 거다.

이것이 VTuber 사이의 상부상조. 일종의 꽁냥꽁냥이구나. 느낌이 확 왔어.

"같은 기수에서 구독자 차이가 벌어지는 것도 곤란하니까. 사회적으로도 방송인의 정신적으로도."

우리 동통은 다들 개성도 독립성도 강하니까 숫자에 큰 신경은 안 쓸 것 같지만, 기업세로서 이익을 올려줘야지. 재미로만 하고 있는 게 아니니까. 다들 진심으로 VTuber 일을 즐기면서도, 공부를 멈추지 않고 있다.

나도 스스로의 소원을 무기로, 신인이지만 VTuber로서 힘내고 있는 상황.

일개 시청자의 입장으로서 시청자의 니즈에 응하는 것도 가능하고, 지금까지 다양한 노력도 쌓았다. 이것은 내가 자랑할 수 있는 사실이다.

"흠흠, 콜라보 메인으로 간다고는 했는데. 일정이 안 잡히면 아무것도 할 수가 없네."

그리고 참치 짱과의 콜라보로부터 1주 뒤. 그 사이에 딱 한 번 솔로로 방송을 했지만, 뭔가 부족하다는 생각이 들었다.

시청자들은 만족했지만 내 성질상 콜라보를 해야 빛나는 것 같단 말이지. 좀 번거롭네~.

으으으, 하고 고민하며 해결책을 짜고 있었더니, 딱 좋은 타이밍에 젠치 씨에게서 【더 코드】로 메시지가 왔다.

———

젠치 『콜라보하자』
하나요리 『괜찮은데, 언제인가요?』
젠치 『내일』
하나요리 『내이일?!』

———

"아니아니, 너무 급한 거 아냐?"

젠치 씨도 내가 고등학생인 건 알고 있을 터.

그래서 토요일을 노렸던 거겠지만, 아무리 그래도 너무 급한…… 아니, 참치 짱 때도 바로 다음 날 했었구나. 나도 남 말 할 처지가 못 되네.

"뭐——, 그래도 마침 잘됐어. 설마 젠치 씨 쪽에서 먼저 제안해 줄 줄은 몰랐지만."

젠치 씨는 지금까지 콜라보에 수동적이었다.

어딘가 선을 긋고 있는 감각이 있었으니. 이번에 나를 통해 그 벽을 조금 허물어 준 거라면…… 바라마지않던 기쁨이다.

나는 일단 일정을 확인한 뒤, 백지인 걸 보고 아련한 눈빛으로 승낙한다는 내용의 답장을 보냈다.

……알지? 언제 VTuber 일이나 콜라보가 들어올지 모르니까 일부러 비워둔 거라구. 응. 절대 반에서 왕따인 게 아냐.

진짜라니까!!

"아니아니, 쓸데없는 생각 하지 말자. 일단은 젠치 씨와의 콜라보 대책을 세워야 해."

콜라보 컨텐츠에 관해선 나에게 전부 맡기는 모양이다. 이것 참 책임이 막중하네……. 이상한 걸 해도 화내진 않을 거라 보지만.

"저번 콜라보로 젠치 씨를 함락시키기는 했지. 하지만 시간이 지날수록 함락 게이지는 떨어져 버려. 그렇기에! ……완전 함락이어야만 햇……!"

나는 무서운 얼굴로 박력 있게 중얼거린다.

내 꿈은, 함락시키고 끝이 아니다.

말하자면———— 함락시키고부터가 승부.

＊ ＊ ＊

side 젠치

"오늘은 하나요리가 와. 브이."
· 웬일로 귀여워 보이네
· 오랜만에 엄마가 돌아와서 좋은 딸
· 엄청 기다리는 게 화면 너머로도 보이네요ㅋㅋ
· 귀여워
· 진짜 함락당해 버린 거네…….
· 좋구만…….
· 채팅 감상적인 거 웃기네

무슨 얘기일까.

그냥 기대될 뿐인데.

내가 이해할 수 없는 유일한 사람, 후배 하나요리 코하쿠. 본명은 모르고 알고 싶지도 않다.

그녀는 따스하다. 햇살 같은 미소와 곤란한 듯한 쓴웃음을 짓는 하나요리를 보면, 가슴이 꾹 조여온다.

모르겠다.

저번 콜라보 때, 하나요리는 이 세상 누구보다도 빛나 보였다.

집을 치워줬으니까?

밥을 차려줬으니까?

──아냐.

하나요리는 나를 나로서 봐 주었다.
고정관념 같은 것 없이. 있는 그대로의 나를 봐 주었다.
웃어 주었다. 그 따뜻함으로 내게 닿아 주었다.
그래서, 기대된다.
하지만, 가슴속에 있는 타는 듯한 뜨거운 감정은 뭘까.
나는 그 감정을 알지 못한다.
알게 되면 되돌아갈 수 없을 것 같으니까.

여전히 으리으리하네에. 조금 질색하며 젠치 씨가 사는 타워 맨션의 문을 넘는다. 슬슬 익숙해졌나…… 싶지만 아직 두 번째란 말이지.

이런 집에 살게 된다면 어떨까……. 소시민인 내겐 상상도 안 되지만 야경만은 아름다울 것 같다.

"이거, 꽤 무섭네. 너무 많이 샀나?"

두 손으로 든 슈퍼 비닐봉지 안엔 먹을 게 빽빽하게 들어차 있어서, 내 가녀린 팔(악력 50kg)이 살짝 비명을 지른다.

스타일을 중시하느라 별로 근육을 안 붙인 게 잘못이었나……!

아무튼, 이건 당연히 콜라보에 쓸 것들이다.

방금 또 내가 요리를 할 거라 생각했지?

후후후…… 조~금 다르단 말이지이…….

"살짝 무섭네……."

나는 현관문 앞에서 우으, 하고 신음하며 내심 전전긍긍하고 있었다.

그럴 만도 하지.

젠치 씨네 집이 또다시 쓰레기 집으로 변해 있을 가능성도 있으니까. 아니, 8할 정도 그럴 거라고 생각한다.

몇 년치가 쌓여 있던 저번만큼은 아니겠지만, 그럭저럭 쓰레기가 쌓여 있지 않으려나?

……뭐, 그러면 그런대로 다시 청소하면 되니까.

그렇게 한숨을 쉬며 문을 연 젠치 씨의 집은――.

"오오."

――저번에 청소해 둔 상태와 똑같았다.

마치 딸이 처음으로 청소를 한 듯한 알 수 없는 감동에 휩싸였…… 이러니까 내가 마망 같은 소릴 듣는 거지.

"젠치 씨, 실례할게요."

"응."

작게 고개를 끄덕인 젠치 씨는, 컴퓨터 앞의 지정된 위치에서 과자를 먹고 있었다.

그 옆에 놓인 것은 상당히 큰 쓰레기봉투.

……그렇구나, 거기에 직접 버리고 있어서 깨끗한 거네.

이것도 나름 효율이 좋을지도? 성장이라고 받아들이자.

이 사람 나보다 연상인데 말이지이…….

그건 그렇고 젠치 씨는 여전히 귀엽다.

오늘도 이상한 글자가 쓰인 독특한 티셔츠에 핫팬츠…… 아니, 이 사람 똑같은 옷을 몇 벌이나 사두고 바꿔 입는 스타일이구나?

……아바타의 복장은 그대로니 지금 현실의 복장에 대

해 말할 수는 없지만, 나중에 반드시 옷 입히기 인형으로 만들어 주겠어.

"왜 그래……?"

"젠치 씨의 성장을 실감하고 있었을 뿐이에요. 쓰레기를 쓰레기봉투에 잘 버릴 수 있게 됐네요."

"으. 너무해. 그 정도는 상식."

"비상식께서 무슨 말씀을. 설득력이 전혀 없거든요?"

멈춰 서서 찬찬히 바라보고 있자니, 그걸 이상하게 여긴 젠치 씨가 '상식'이라는 키워드를 뱉어버렸기에 나도 모르게 반론한다.

실제로 온실 속(물리) 화초 같은 느낌이 있으니 부정하기 힘들다.

그런 것치고는 가성비 좋은 컵라면을 먹고 있는 게 좀 수수께끼란 말이지이. 뭐, 사생활을 파고들 생각은 없다.

· 하나요리 마망 왔다

· 말 많아졌네ㅋㅋㅋ

· 혼자 있을 땐 웬만하면 4음절 이상 안 하는데

· 역시 마망이잖아

· 비상식 취급 뭐냐고ㅋㅋㅋ

· 사실이긴 해

채팅창도 내가 오자 급격히 빨라졌다.

사생활 방송 때도 시청자는 적당히 있지만, 채팅은 느리게 흘러간다. 움직임이 없으니 당연하지.

젠치 씨의 대단한 점은, 그 사생활 방송 속에서 나름 궁리를 해 기획을 짜거나 일상 속에서 유쾌함을 뽑아낸다는 것이다.

물론 전부 재미있는 건 아니지만, 그렇기에 마음 놓고 느긋하게 볼 수 있다.

"하나요리. 오늘은 뭐 해?"

"후후후, 오늘은 이거예요!"

두 손으로 든 비닐봉지를 젠치 씨에게 보여주자, 젠치 씨는 눈에 띄게 흥분한 듯 몸을 흔들흔들 움직이기 시작한다. 저기, 너무 귀엽잖아. 그 움직임은 뭐냐고.

기분 탓인지 눈도 반짝이는 것 같다.

"젠치 씨, 그렇게 제 요리가 마음에 드신 거예요? 감정이 다 보여요."

"……웃, 아니야. 전혀 기대하고 있지 않거든."

미미하게 볼을 붉히는 젠치 씨의 모습에, 내 가학심이 자극된다.

"헤에~ 그럼 지금부터 만들려던 거 하지 말까아~."

"……! 잠깐, 맛있으니까…… 조금 기대는 하고 있었, 을지도."

당황한 듯 변명을 하는 젠치 씨의 눈동자는 불안에 떨리고 있었다. 신종 츤데레인가? 귀엽잖아.

새로운 일면을 봐서 만족한 나는 히죽 입가로 호를 그린다.

젠치 씨는 삐진 듯 "심술쟁이"라고 중얼거리더니, 고개를 돌리고 턱을 괴었다.

· 여기가 천국인가요?????
· 정화됐다
· 수많은 꽁냥꽁냥의 습격
· 걍 완전히 함락됐잖아ㅋㅋ
· 이젠 그냥 맥을 못 추네
· 젠치가 감정을 드러내고 있어……

"아하하. 장난이라니까요. 그리고, 오늘은 그냥 요리만 하는 게 아니니까요."

"그래……?"

젠치 씨가 갸웃하며 묻는다.

"그래요! 제게 기획을 전부 맡기신 건 젠치 씨니까요. 각오하셔야 된다구요오?"

"믿고 있으니까 괜찮아."

"우으…… 그런가요."

생각지도 못한 반격에 얼굴이 뜨거워졌다.

방금 그건 너무 치사한 거 아냐?

· 반격당했네ㅋㅋㅋ
· 스몰 참교육
· 꽁냥꽁냥 미쳤다
· 젠치에게서 꽁냥꽁냥 보급이 들어올 줄이야……!!
· 허~접

· 오히려 하나요리가 시청자한테 도발당하고 있는데ㅋㅋ

아니아니아니, 방금 그건 어쩔 수 없잖아?!

불가항력이라구!

시청자의 도발에 마음속으로 외치는 나.

갭이 진짜 엄청나다니까, 젠치 씨. 나랑 콜라보 할 때랑 혼자 방송할 때랑 열량이…… 내 입으로 말하긴 부끄럽지만.

"얼굴 왜 빨개? 열 있어?"

"둔감 속성은 창작물 안에만 있어야 한다구요."

"?"

"말이 안 통해……!!"

갸웃, 하고 목을 기울이자 젠치 씨의 긴 백발이 윤기 있게 움직인다. 그걸 멍하니 보는 나. 아아, 대체 왜 이렇게 말도 안 되는 미인인 거야!

몸도 마음도 여자애로 물들어 버린 나지만 좋아하는 건 여자애.

하지만 그게 남자의 성욕인 것도 아니라서, 목욕탕 같은 곳에 가도 흥분하지는 않는다. 상황에 마음이 움직이는 타입이니까 말이야.

근데! 상황이고 뭐고 얼굴이 너무 미쳤어!

딱 좋은 모양의 눈에, 일본인을 초월한 압도적 미모!

어딘가 남심을 자극하는 균형 잡힌 몸매의 백발 미인.

아바타에 이미 마음을 빼앗긴 상태인데, 아바타와 거의 차이가 없는 현실의 젠치 씨에게 매력을 느끼지 않는 건 불가능, 이란 얘기다!!

……앗! 정신이 나가 있었다.

……나는 커흠, 하고 헛기침을 하며 마음을 진정시킨 뒤 기획에 대해 설명을 시작한다.

"이름하여! 『하나요리 코하쿠의 요리 교실!』 예에에~이!"

"와~아."

와~아가 너무 무미건조하잖아.

……좋아! 호응해준 것만으로도 괜찮아!

· 마망 신났네

· 요리 교실……? 이상한 느낌밖에 안 드는데

· 젠치가 요리를 할 수가 있겠냐고ㅋㅋ

· 어떻게 하게? 카메라로 찍으면서?

오, 좋은 질문이 들어왔다.

물론, 실시간 녹화는 리스크가 크다. 물방울에 반사되는 것만으로 신상이 특정될 수 있으니까. 실사는 위험하다.

"나중에 적당한 사진을 트니터에 올릴 거야! 가입 안 해도 인터넷으로 볼 수 있으니까 걱정 마, 허접 오타쿠들!"

· 갑자기 메스가키(웃음) 짓은 왜 하는 거냐고……

· 비치는 거 무섭지 않나

옆에 젠치 씨가 슬쩍 "반사 괜찮아?"라고 귓속말했다. 나는 가방에서 셀카봉을 꺼내 젠치 씨에게 선보였다.

"(이걸로 멀리서 찍을 거예요.)"

"(알겠어.)"

이래도 리스크는 있지만, 얼굴만 들키지 않으면 문제없다. 주소는 이미 다 들킨 거나 마찬가지니까 말이지이……

이사 안 할래요? 젠치 씨.

그리고 찍는다고 해도 세 장 정도니까 괜찮다.

"그럼 시작할게요. 지금은 생중계니까 젠치 씨도 리액션 해주셔야 해요."

"열심히 할게."

꾹 주먹을 쥐는 젠치 씨에게 약간의 불안을 느꼈지만, 즐거워 보이는 표정에 '괜찮겠지' 하고 불안이 정화당했다.

"우선은 손을 씻죠."

"응."

젠치 씨가 부엌에서 손을 씻는 사이, 나는 시청자들에게 오늘 만들 요리를 발표해 나갔다.

참고로 컴퓨터에서 떨어져 있어도 마이크가 있으면 음성이 가고, 채팅은 스마트폰으로 보면 되니까 큰 지장은 없다.

"오늘은 돼지고기 생강구이를 만들 거야. 그렇게 어렵지도 않아서, 채소를 썰고 고기를 구워서 접시에 올리면 끝…… 이것이야말로 요리! 라는 프로세스를 체험할 수 있으니 추천이야."

· 그냥 자취생 밥상 아니냐고ㅋㅋ

· 좀 그럴듯한 걸로 하죠

· 뭔 말인진 이해된다

· 잘 만들긴 어렵지만 만들기만 하는 건 쉽지

· 그냥 만들기만 하는 것도 어려울 텐데ㅋㅋㅋ

"요리의 세계는 깊으니까~. 어떤 간단한 요리라도 어떻게 연구했는지에 따라 맛있게 만들 수 있어. 어차피 너희들 제육 돈가스 군단 아냐? 우리의 꺅꺅 우후후 꽁냥꽁냥 요리 방송에 전율하고 있으라구."

· 메스가키(웃음) 몇 트째냐
· 왜지, 그냥 다정해 보임ㅋㅋ
· 요새 캐릭터가 자꾸 이상해지는데
· 메스가키는 안 맞는 거 같다

야!

안 맞는 것 같다는 건 실례잖아. 이래 봬도 노력하고 있다고! 젠치 씨랑 얽히면 너무 귀여워서 캐릭터를 잊어버리는 것뿐이야.

"손, 다 씻었어."

"좋아, 그럼 해볼까요. 중요한 건 레시피에 충실하는 거예요. 어레인지는 기본을 익히고 나서 하는 거죠."

"알았어."

저번에 주방을 청소할 때, 한 번도 안 쓰인 것 같은 조리도구와 냉장고에 쌓인 다양한 조미료를 확인해 뒀다.

상온 보관되고 있는 조미료도 따로 있으니 식재료만 사가도 되는 게 편하단 말이지. 소비기한도 괜찮고.

"그럼, 젠치 씨는 설탕이랑 간장이랑 샐러드유를 준비해 주세요."

"맡겨 줘."

"아, 그 전에 머리 묶을게요."

"응."

머리끈으로 젠치 씨의 긴 머리칼을 묶어 포니테일로 만든다. 그냥 내 취향이다.

아, 진짜 귀여워.

얌전히 머리를 묶이는 젠치 씨는 정말 어린아이 같아서, 귀여움과 미모의 연계 공격이 내 심쿵 미터기를 뚫어 버린다.

· 일상적 꽁냥꽁냥

· 하나요리를 믿는 젠치…… 맛있다

· 정신 나갈 거 같아! 정신 나갈 거 같아!

· ↑ 정줄 놨네ㅋㅋ

· 꽁냥꽁냥

머리를 다 묶어 주자, 젠치 씨는 바스락바스락 조미료를 뒤지더니 간장과 샐러드유와——.

"젠치 씨. 그거 설탕이 아니고 소금이에요."

"어떻게 보기만 했는데 알아?"

"알갱이 크기를 보세요. 소금이 더 크다고요."

"그렇구나. 처음 들었어."

"핥아보면 아는 일이긴 하지만요."

"그건 싫어."

"그럼, 용기에 보관한 뒤에 이름을 잘 써 붙여 두자고요. 지금까진 어떻게 구별한 건데요?"

"핥았어."

"오……? 싸우자는 거죠??"

그런 대화를 이어가며 요리는 진행됐고——.

"잠깐, 젠치 씨, 타고 있어요! 타고 있다고요!"

"먹을 수 있으면 세이프."

"숯인데요? 암세포의 근원이라고요."

——고기를 너무 익혀서 숯으로 바꾼다거나.

"왜 생크림을 넣는 건데요?!"

"달콤해지면 맛있어."

"귀여워……가 아니라! 쓸데없는 어레인지는 금지라고
했잖아요?!"

"미안……."

"아—— 정말, 처음부터 다시 할게요!"

"미안."

"이런 해프닝도 즐거우니까 괜찮아요!"

"그렇구나…… 그럼 이번엔 초콜릿 넣을게."

"허가를 드린 게 아닌데요????"

——이상한 어레인지에 도전하려는 젠치 씨를 달래거나.

그런 해프닝이 겹치고 4시간 후.

확실히 실패한 요리는 내가 먹으면서, 어떻게든 모양은 갖춘 돼지고기 생강구이를 만드는 데 성공했다.

내 이마에는 구슬 같은 땀이 흐르고 있었다. 젠치 씨는 똑같이 땀을 흘리면서도 "므흣" 하고 만족한 모양새다.

그 표정을 본 것만으로도 저는 만족이에요…….

행동 하나하나 귀엽네, 이 사람.

"완, 성!"

"성공했어."

· ㅊㅊㅊㅊ

· 왜 이렇게 오래 걸리나요

· 저녁 먹기 딱 좋은 시간이네

· 하나요리는 이제 못 먹는 거 아님?ㅋㅋ

· 먹을 걸 함부로 하지 않는 어머니의 귀감

· 중간에 토할 뻔했지만 암튼 어머니임ㅋㅋㅋ

· 토 언급은 밴입니다

에에잇, 멋대로 떠들어대고 말이야.

젠치 씨가 주도할 수 있도록 궁리하다 보니 생각보다 시간이 오래 걸린 거라고. 후회는 없고, 도중에 말한 것처럼 즐거웠으니까 완전 괜찮아.

"나중에 트니터에 올려둘게~."

나는 스마트폰으로 사진을 찍어 매니저에게 보낸다.

반사 같은 문제가 없으면 트니터에 올릴 생각이다. 이

부분은 철저히 관리해야지.

나는 젠치 씨와 얼굴을 마주 본 뒤, 식탁에 2인분의 돼지고기 생강구이를 놓는다. 그리고 조리 중에 지은 밥과 샐러드를 세팅.

영양 밸런스는 중요하니까!

다행히 젠치 씨는 편식이 없는 것 같아 다행이다.

돼지고기 생강구이를 만든다는 것도 사전에 말을 해뒀으면 좋았겠네에, 하고 조금 후회 중이다. 오랜만에 실수를 해버렸네…….

"기대돼."

"후후후, 자기가 손수 만든 요리는 각별하다고요."

"응. 배고파."

"더 못 기다리실 것 같으니……. 그럼 먹을까요."

""잘 먹겠습니다.""

둘이서 손을 모은 뒤, 나는 돼지고기 생강구이를 한 입 먹었다.

"응, 맛있어! 맛있어요, 젠치…… 씨……?!"

생각지도 못한 완성도에 흥분했던 나는, 돼지고기 생강구이를 먹으며 눈물을 흘리는 젠치 씨를 보고 경악한다.

"무, 무무무무, 무슨 일이죠?! 맛없었나요?! 아니면 자기 몫에만 부트 졸로키아*라도 넣어두신 건가요?!"

---

*세계에서 가장 매운 고추로 기네스북에 등재된 적도 있는, 고추의 품종 중 하나.

"아니, 맛있어. ……아주 옛날에 엄마랑 만든 돼지고기 생강구이가 떠올랐어."

엇, 과거 날조인가? 라고 이미 자신을 엄마에 이입해 버린 내가 생각했지만, 이건 젠치 씨의 진짜 어머니 얘기겠지.

방송 중인데 괜찮을까. 잠깐 그런 생각에 당황했지만, 이런 신상 얘기는 다른 VTuber도 꽤 하기 때문에 문제 없다.

──그건 그렇고 이런 연약해진 젠치 씨는 처음 봤기에.

나는 자리를 옮겨서, 젠치 씨의 옆에 앉았다.

아름다운 과거를 떠올리는 젠치 씨에게 말은 필요 없다.

지금은 그저 다가가 붙어 있을 뿐.

무슨 일이 있었는지는 당연히 묻지 않는다. 말하고 싶지 않은 게 느껴지니까. 채팅창이 조금 시끌시끌해지는 와중에, 나는 한동안 눈물을 흘리는 젠치 씨의 곁을 지켰다.

* * *

그날 밤, 콜라보를 마치고 집에 돌아온 내게 젠치 씨가 메시지를 보냈다.

───────

젠치『꼴사나운 모습 보여서 미안.』

하나요리『아니에요. 오늘 엄청 즐거웠어요.』

젠치『옛날에…… 병으로 돌아가신 어머니가 돼지고기 생

강구이를 자주 만들어 주셨어. 그 맛을 떠올리게 해줘서 고마워.』
━━━━━━

뭐라고 대답해야 할까.

난 아무것도 한 게 없다. 분명 레시피는 내가 준비했지만 그것도 옛날에 우리 엄마한테 배운 거고, 만드는 법이나 요령을 가르쳐준 게 전부다.

━━━━━━

하나요리 『전 아무것도 안 했어요. 그걸 떠올릴 수 있었던 건 젠치 씨가 열심히 요리했기 때문이죠. 도움이 된 것 같아서 기쁘지만, 그게 맛있었던 이유는 분명…… 젠치 씨의 강한 마음이에요.』

젠치 『응, 그랬으면 좋겠어.』

━━━━━━

문득 뇌리에 상냥한 웃음을 띤 젠치 씨의 모습이 떠올랐다. 그녀는 더러움을 모르는 천사처럼 아름답다.

그럼에도 슬픔을 아는 한 인간이로구나, 하고 나는 새삼 느꼈다.

"감사는 이쪽이 해야 되는데요, 젠치 씨. 제가 회사에서 시달리는 동안 절망하지 않고 살아간 건 당신 덕이니까요."

———————

젠치『고마워. 정말 좋아해.』

———————

그런 추억이 섞인 감상은, 마지막에 온 젠치 씨의 한마디에 전부 날아가 버렸다.
"헤에엑?!?!"

7. 2기생 라디오!

"――그럼, 또 언젠가 만나자."

· 반년 만의 방송이 끝이라니…….

· 다음은 언제냐고ㅋㅋㅋ

· 수고했어

· 방송 안 하기 세계 1등 기업세 VTuber

잡다한 채팅이 흘러가는 와중에, 허리까지 오는 긴 금발에 하얀 토가를 걸친 묘령의 미녀――등에 순백의 날개가 돋아난――아바타가 손을 흔든다.

방송을 마치고, 컴퓨터 앞에서 끄으으응 하고 기지개를 켠 정장 차림의 여성이 한숨을 쉬었다.

목덜미까지 내려오는 윤기 있는 흑발과 늠름한 눈매를 가진 미인. 잘 나가는 커리어 우먼 같은 옷차림과 분위기를 두르고 있다.

그녀는 젠치와 같은 0기생 '천사'.

그리고 그 정체는 VTuber 사무소【VTuber로 패권을 잡아 보았다~소속 VTuber 전원이 개성 강한 미소녀였던 건에 대하여~】의 사장, 아마하라 츠카사다.

"――사장님. 일 빼먹고 방송하고 계셨던 건가요?"

"무슨 말을 그렇게 해? 이것도 일종의 일이야. 최근엔 2기생도 가입해서 시끌시끌하니까 말이지. 같은 시점에서

113

보지 않으면 알 수 없는 것도 있잖아? 응?"

"하아……. 변명 같은데요."

그녀가 방금까지 방송하고 있던 곳은, 거리의 풍경을 한눈에 볼 수 있는 사장실이다.

사장이면서 구독자 52만을 보유한 인기 VTuber.

몇 달에 한 번이라는 방송 주기를 고려하면 이례적인 숫자다. 물론 처음에는 한 주에 한 번은 방송을 했었지만, 소속 방송인이 늘어나면서 바빠졌을 뿐이다.

아마하라는 안경을 획 고치면서 쓴소리를 하는 비서에게 변명을 해봤지만, 자기도 변명이라는 건 아는지 그 이상 입을 열지는 않았다.

"뭐, 바쁜 건 사실이긴 한데. 방송하려고 오늘 일은 이미 끝내놨어."

"그럼 다행이긴 한데요. 그런 의욕을 평소에도 좀 내주셨으면 좋겠어요."

"의욕이라는 건 꼭 나와야 할 때만 나오는 법이지. 뭐든 편하게 하고 싶다는 감정은 인간의 본성이잖아?"

"그렇게 이상한 논리로 이래저래 도망치시기만 하니까 일이 쌓이는 겁니다. 계획성을 가지고 임하시죠."

아마하라는 '넌 내 엄마라도 되는 거냐?'라는 듯 대놓고 표정으로 고뇌를 보이더니, 지친 듯한 얼굴로 옆에 놓인 와인을 마신다.

비서는 그런 아마하라의 모습에 질려하면서도 "그러고

보니"라고 말을 꺼낸다.

"2기생으로 온 하나요리 코하쿠. 왜 들여오신 건가요?"

"왜냐고? 그건 뭐, 내 마음에 들었으니까, 라고 밖에 말 못 하겠는데."

"사장님의 마음을 울리는 부류의 인물이 아닐 텐데요. 제 눈으로 봐도 머리가 이상하다고 할 수준의 개성은 없었어요."

"내 선발 기준을 머리가 이상한지 아닌지라고 판단하는 건 좀 그런데."

뭐, 맞긴 하지만. 아마하라는 그렇게 생각하며 귀에 걸린 흑발을 손으로 만지작거리고, 짓궂은 미소를 비서에게 향한다.

"그건 확실히 머리가 이상한 인간이 맞아. 분명 개성은 강하지 않지만. ……내겐 세상이 그은 선에서 일탈해 있는 존재라고 밖에 생각이 안 돼. **일관성이 너무 강해.**"

"단어를 잘못 사용하신 것 아닌지요?"

"아냐, 그렇게밖에 표현을 못 하겠어. 그녀는 너무나도 무언가를 관철하겠다는 의지가 강해. 꽁냥꽁냥. 아마 그걸 위해서라면 뭐든 할 거야. 그런 의미에서는 윤리 의식이든 정신력이든 절대 보통이라고 할 수 없어."

"……꽤나 높이 사시네요?"

"뭐야, 질투인가?"

아마하라는 비서의 말에 하하하, 웃으며 대답한다.

"이상한 소리 하지 말아 주세요. 진지하게 얘기하고 있는 겁니다."

"나도 진지해. 너도 VTuber라면 알잖아?"

"뭘 말인가요?"

"보고 싶지 않아? 그 녀석은 자연스럽게 사람을 모아. 뿔뿔이 흩어져 있던 우리 쪽 방송인들도 지금은 하나요리 코하쿠를 중심으로 뭉치기 시작하고 있어. ……아직 시작이지만, 그 손길은 언젠가 우리가 있는 곳까지 뻗어 오겠지. 너나 나나 함락되지 않으면 좋겠네……."

아마하라는 진심으로 즐거운 듯 웃었다.

분명 그녀는 원래 VTuber를 너무나도 사랑한다. 하지만, 그만큼 고독하게 틀어박혀 있던 젠치의 껍데기를 단숨에 날려버린 하나요리 코하쿠는 한 인간으로서도 흥미의 대상이 되었다.

잠시 조용해진 분위기 속에서 비서는 눈을 게슴츠레 뜨고 중얼거렸다.

"아니, 사장님, 당신은 진성 마조니까 무조건 함락될 거예요."

"그건…… 그렇겠네. 뭐, 나보단 너를 함락시키는 게 고생이겠지."

"전 누구에게도 마음을 열 생각이 없습니다."

"이야, 그거 참치마요랑 똑같은 떡밥인데."

"회수 안 될 거예요."

그녀들은 사장과 비서라기보단 글러 먹은 누나와 쿨한 여동생 같았지만, 눈빛만큼은 한없이 진지했다.

VTuber 기업의 운영진으로서, VTuber로서, 그리고 하나의 인간으로서.

* * *

"엥? 내 탄생 비화?"

· 면접 가서 뭐라 했음?

· 하나요리니까 이상한 소리 했을 듯

· 늘 이상하잖아

"까부는 것도 정도껏 해, 오타쿠들아."

혼자 방송하던 도중, 채팅에 면접 때 일이 궁금하다는 이야기가 나왔다.

……분명 다른 방송인들도 면접에 관련된 건 말해도 괜찮았으니까, 나도 문제 없으려나?

"뭐, 너희가 이걸 들어둬 봐야 TS하지 않는 한 VTuber가 될 순 없겠지만, 그렇게나 알고 싶다면…… 나에 대해 알고 싶다면 이야기 해줘도 괜찮을지도~?"

· 네 메스가키(웃음)

· 와 정말 알고 싶은 정보예요!

· 설정을 까먹지 않다니 정말 장하구나!

"설정 아니라니깐!! 나는 정말로 메스가키라구! 아니, 자기 입으로 메스가키라고 해도 되나……? 뭐, 괜찮겠지.”

· 또 캐릭터 망가지네ㅋㅋㅋ

· 자신을 잃지 말라고ㅋㅋ

· ㅋㅋㅋㅋㅋ

· 자기 입으로 말했으니까 이제 (자칭)도 붙여야 될 듯

· 와 지금까진 타칭이었는데 너무 아쉬워요

“뭐야, 이거 내가 잘못한 거야? 애초에 혼자 방송할 때마다 자칭하지 않았어? ……자칭이 아니라 진짜지만 말이야!”

· 필사적이네요

· 이젠 메스가키 가면도 못 쓰게 되고 있네ㅋㅋ

· 글렀다 이젠

아니, 아직 늦지 않았어.

건방진 성격과 도발하는 것만이 메스가키의 전부가 아냐. 그래. 아직 나는 진정한 메스가키가 되지 못했을 뿐. 변명 아니거든? 필사적이지도 않거든!!

“그래서, 탄생 비화 얘기였지. 뭐──, 말해줘도 되긴 하는데 그렇게 재미있는 얘긴 아니거든? 그냥 평범하게 서류 심사 통과해서 면접 본 것뿐이야. 일편단심 꽁냥꽁냥이 하고 싶습니다, 라고 뜨겁게 이야기했을 뿐이라고.”

· 면접관이 질색 안 했음?ㅋㅋㅋ

· ㄴㄴ 거기 사장이면 질색 안 함

· 오히려 하나요리가 질색했을 듯

그래그래. 최종 면접은 사장이 담당해 주었다.

나에게도 **존댓말을 해주는 게 어른**이라는 인상이었지~.
의외로 멀쩡한 인간이잖아, 라고 생각했다.

"그 뒤엔 잘 모르겠지만 아무튼 붙었어. 그래서 여기 이렇게 있는 거지. 젠치 씨도 참치 짱도 함락시켜서 최고라구. 질투에 떨고 있는 건 아니겠지이~?"

· 전혀 안 하는데요

· 데려 가세요

· 똥통 소속이라는 것만으로 진짜 육수들은 이미 자동적으로 걸러졌음

· 우결충은 있을 것 같은데ㅋㅋ

· 다 하나요리 × X잖아

· ↑수학 공식이냐고ㅋㅋㅋ

"참치 짱이랑은 매일 메시지 주고받고 있고, 젠치 씨랑은 또 요리해 주러 가기로 약속했고. 정말, 둘 다 귀엽단 말이지."

· ㅇㅈ

· 진짜 육수는 너였구나

· 벌써 사귀고 있는 건가요???

· 다음은 누구임?

다음이라······. 동기 한 명이랑 예약을 잡고 싶은데.

······내가 전생부터 알고 있던 VTuber고, 지금 상황을 보면 꼭 얽히고 싶다.

＊ ＊ ＊

"동기 콜라보?"

『네, 맞아요. 하나요리 씨와 참치마요 씨, 클래시 씨까지 세 명으로요.』

"실제로 만나서 한다는 얘기인가요?"

『네. 세 분 다 도쿄에 살고 있으니, 사무소에서 찍고 싶어요.』

흐~음?

솔로 방송을 한 다음 날 갑자기 매니저에게서 전화가 왔나 싶더니, 동기끼리의 현실 콜라보 이야기였다.

개인 간의 콜라보라기보단 기업세로서의 기획인 듯하다.

사무소에는 두 번 정도밖에 간 적이 없다. 집에서 볼일은 다 볼 수 있고, 노래도 아직은 생각이 없으니 녹음 공간도 필요 없었다.

뭐, 어찌 됐든 수락할 일인 건 확실하다.

나를 배려해서인지 일요일에 진행하니까 딱히 시간의 제약도 없다.

이렇게 된 거 기업세로서의 책임을 다해보자구.

"알겠어요. 꼭 참가하고 싶어요."

『그런가요……! 다행이에요. 기본적으로는 화제를 하나 정해서 그걸로 대화하는 정도니까 너무 부담 갖지 않으셔도 돼요. ……사회자 겸 진행은 하나요리 씨에게 맡길지도 모르지만……』

매니저가 미안한 듯이 말했다.

뭐 그렇겠지. 나는 동기 둘의 모습을 떠올리고 쓴웃음을 지었다.

"각오. 라기보단 예상하고 있었으니까 괜찮아요. 기획 진행 같은 건 좋아하기도 하고, 오히려 풋내기인 제가 그런 큰일을 맡을 수 있다니 정말 좋은 경험이 될 거예요."

『고마워요……. 정말 하나요리 씨에겐 많은 도움을 받고 있어요. 협조성의 ㅎ도 없는 방송인들을 한데 모을 수 있는 건 하나요리 씨뿐이니까요…….』

"상당히 절실하시네요……. 수고가 많으세요. 그건 그렇고, 사무소 이름으로 하는 콜라보라니 드문 일이네요."

고생이 많은 듯한 매니저의 말에는 분노와 슬픔, 포기의 심정이 담겨 있었다.

근데 나, 똥통 방송인과 콜라보한 거 두 명뿐인데. 죄다 한데 모을 수 있는 것처럼 전제를 깔고 있잖아?!

아니아니, 아무리 그래도 사람이 너무 많으면 힘든데요?

바탕은 성실한 참치 짱과 비상식인이지만 배려는 있는 젠치 씨.

아직 이 둘이었기에 어떻게든 됐을 뿐이다.

『그게요……. 자꾸 혼란스러워지는 바람에 콜라보는 자유 방침으로 바뀌었어요. 그랬더니 아무도 콜라보를 안 해서요.』

"아…… 한때 콜라보가 줄었던 건 그런 이유구나…….

뭐, 다들 고집이 세니까 어쩔 수 없어요. 괜히 붙들어 두려다가 갈등이 생기는 건 피해야죠."

『그렇죠. ……아, 이야기가 샜네요. 슬슬 끊어야 해요. 자세한 날짜나 시간 같은 게 정해지면 연락드릴게요.』

"알겠어요. 일 힘내 주세요."

『하아…… 힐링되네요. 그럼 이만 실례할게요.』

어딘가 안쓰러운 느낌을 풍기며 매니저는 전화를 끊었다.

왠지 모르는 사이에 매니저를 함락시켜 놓은 것 같기도 하고. 상식인의 껍질을 뒤집어쓰고 훌륭한 사회인을 위로하고 있었을 뿐인데 말이지.

여기가 악덕 기업이라고까진 안 하겠지만, 직종이 직종이다 보니 멘탈이 많이 갈려 나갈 것 같다. 젊은 나이에 잘도 열심히 하고 있구나 싶다고. 전생에 회사의 노예였던 내 말이니까 틀림없다.

"그건 그렇고, 리얼 참치 짱이라. 기대되네에."

방송 때보다 더 우물쭈물 할 것 같다.

아——, 아무리 참치 짱이라도 사회생활용 인격 정도는 가지고 있으려나. 첫 대면인 사람과 이야기하는 정도는 가……능이겠지?

"남은 건 클래시 씨인데……. 클래 짱……."

그녀는 내 전생에서도 2기생이었다.

지금은 구독자 4만 명으로 나와 참치 짱과 격차가 벌어져 있지만, 이건 내가 아는 클래 짱이 아니다.

"발톱을 숨기고 있어…… 왜일까. 분명 전생에선 녹화본이 삭제돼서 첫 방송 같은 건 볼 수가 없었단 말이지이."

지금은 볼 수 있지만, 내가 알고 있던 클래 쨩과 클래시씨는 동일인물이면서도 다른 모양이다.

분명 그 부분에 뭔가가 있어서 그녀는 변한 것이다.

"음~ 모르겠어. 뭐 괜찮아. 클래 쨩도 내 최애니까. 아직 함락시키진 않을 거지만."

내가 아는 완전체 킹갓 VTuber가 되면 함락시켜야지.

벽은 높고 난공불락일수록 사람을 불타오르게 하는 거야. 꽁냥꽁냥도 고난을 넘어야 하는 법이다.

* * *

어느 맨션의 한 방.

방음벽으로 구분된 그 방에는 피아노나 바이올린, 플루트 등 다양한 악기가 놓여 있었다.

그 넓이와 다양한 악기에도 불구하고 압박감은 없는 방에, 불타는 듯한 빨간 눈동자를 가진 소녀가 있다.

머리를 트윈테일로 정리한 혼혈 미소녀.

키는 145cm 정도지만, 새빨간 드레스를 크게 밀어 올릴 정도로 가슴이 크다. 헤비급. 폭탄이라 말해도 괜찮겠지.

그녀는 지금 진지한 표정으로 피아노에 시선을 보내고 있다.

아는 사람이 보면 기가 죽을 만한 존재감을 발하는 그녀는, 헤드마이크를 착용한 상태다. 옆에 있는 것은 '방송 중'이라고 표시된 컴퓨터.

딴딴딴딴딴딴딴!!!!!

그녀는 서서히 피아노를 연주하기 시작한다.

때로는 수다스럽게, 때로는 무시무시하게.

프란츠 슈베르트 작곡(프란츠 리스트 편곡), 【마왕】.

· 시작부터 마왕 치는 건 몇 번 들어도 웃기네

· 목소리보다 마왕이 먼저 들리는 방송은 뭔가요ㅋㅋㅋ

· 음악계 VTuber는 노래 부르는 거 아니었나요?ㅋㅋㅋ

· 나 피아노 경험자인데 언제 들어도 몸이 떨릴 정도로 잘 친다

· 이거 어려운 곡임?

· 꽤 어려움. 게다가 연주 말고도 표현이나 이것저것 조잡하지 않게 해야 됨

· 그래서 클래시는?

· 개잘함

채팅창이 전율하며 빠르게 흘러가는 와중에, 그녀……

VTuber 클래시는 곡의 종반에 접어들고 있었다.

땀을 흘리면서도 연주를 계속하는 모습은 아름답고, 박력 있는 분위기는 마치 무언가에 쫓기는 듯하다.

· 개쩌는데 이건 피아노 경험자밖에 모름. 그래서 구독자가 적은 듯

· 자기가 치는 게 맞는 건 확실한데, 피아노를 멀리하는 사람도 꽤 많으니 뭐

"후우⋯⋯."

곡이 끝나고, 클래시는 땀을 닦으며 컴퓨터 앞으로 이동한다.

시청자는 4,000명.

결코 적다고 말할 수 없는 숫자였지만, 다른 동기와 비교하면 조금 떨어지는 것이 사실이다.

클래시도 그것은 무겁게 인지하고 있었다.

그녀에게는 구독자를 늘릴 방법이 있다. 하지만 그것은 클래시에게는 자신의 트라우마를 헤집는 것과 같은 행위.

"VTuber 클래시야. 오늘 내 연주는 어땠으려나?"

· 대단해요(음악 잘 모름)

· 뭔가 마음을 흔들었음ㅋㅋ

· 여전히 실력 좋으시네요

"고마워. 역시 이 곡은 좀 지치네. 왜 체력 승부라고 하는지 알 것 같아."

· 체력이 다가 아닐 텐데ㅋㅋㅋ

· 이런 고난도 곡을 체력 승부로 퉁치네ㅋㅋ

· 그냥 완벽하게 치려는 게 아니라 자기 색을 입혀서 치는 게 대단한 듯

그래도 클래시는 만족하고 있었다.

시청자에게 무언가를 **숨기고** 있다는 사실은 켕기지만, 그들을 연주로 만족시키고 있었으니까.

나는 나야, 라고 착각하는 게 가능하니까.

"아, 그렇지. 히키코모리인 나지만, 다음 주 방송될 2기생 라디오에 출연하게 됐어. 하나요리 코하쿠 씨와 칠흑검사 참치마요 씨도 온다고 해."

클래시에게 방송이란 혼자서 하는 것이었다.

물론 콜라보라는 게 있다는 건 알고 있었지만, 빈말로도 협조성이 있다고는 못 할 자신의 성격도 알고 있었기에 콜라보를 할 일은 없을 거라 생각하고 있던 것이다.

그런 생각이 어느 바보(하나요리)에 의해 무너져, 그녀는 지금 한없이 우울했다.

· 우리 클래시가…… 성장했구나

· 아빠 행세 쳐내ㅋㅋㅋ

· 젠치화까지 두 걸음 전이긴 해ㅋㅋㅋ

· 한 걸음 아님?

· 젠치 얘긴 일단 24시간 방송부터 하고 말해라

· 하겠냐?

(적당히 찍고 가면 그만이죠. 언제 어느 때라도 나는 나로서 있을 뿐.)

하지만 클래시는 아직 모른다.

꽁냥꽁냥을 위해 인생을 갈아 넣은 여자의 행동력을.

모든 것을 바쳐 하이스펙을 얻은 여자의, 최애를 향한 심상치 않은 오지랖을.

하나요리 코하쿠(시청자의 장난감)를, 모른다.

* * *

우리가 하는 건 '2기생 라디오!'라는 2기생 전원이 콜라보하는 유사 라디오 방송인 듯하다.

사전 녹화이기에 채팅창을 보며 이야기할 수는 없지만, 주제와 시간이 정해져 있어서 마음은 편하다. 나 혼자면 괜히 또 장황해져서 질질 끌릴 테니까 말야~.

"드디어 오늘인가——. 기대되네에."

이미 나갈 준비를 마친 나는 미소를 지었다.

거울에 비치는 것은 어디서 어떻게 봐도 완벽한 미소녀 그 자체.

사무소는 역 근처에 있는 고층빌딩 2층부터 4층까지다.

걸어서 갈 수 있는 거리니까 부담 가질 필요도 없어서 좋네에.

대중교통을 쓸 때는 최대한 주의하면서 다녀야 하니까 번거롭다.

혹시 성추행이라도 당했다간 셀프 NTR 같은 게 되어 버린다고. NTR 절대 반대파인 내 입장에선 그런 슬픈 이야기는 없었으면 한다.

"아직 시간이 있지만 이렇게 됐으니 역에서 쇼핑이라도 할까나."

베이스가 집순이인 나는 사람이 많은 역 근처에 가는 일이 별로 없다. 아니, 사람멀미를 하는 데다 귀찮아서 볼일이 없을 땐 아예 가지 않는다.

지금은 절호의 기회라고 해도 좋다.

"좋아, 마지막으로 거울 체크."

오늘의 나는 '멋있음'을 중시한 복장이다.

하얀 상의에 네이비색 치노팬츠.

나는 꽤나 가슴이 빵빵하기에 몸의 선이 두드러지지 않도록 품이 큰 상의를 좋아한다. 그래도 시선이 모이는 건 어쩔 수 없지만, 딱 달라붙는 걸 입었다간 진짜 변태처럼 보이니까.

풋풋한 소년, 청소년들의 성적 취향을 함부로 바꿔 버릴 수는 없지.

사실 보기만 하는 거라면 아무 상관 없긴 하다.

나도 마음은 이해하고, 이런 미소녀가 있으면 자기도 모르게 시선이 따라가는 게 당연하니까.

그래, 이해심 넓은 미소녀란 바로 나를 말하는 것.

일단 가기나 할까…….

　　　　　＊　＊　＊

　역에 도착했다.

　여전히 사람은 바글바글하고 때때로 야릇한 시선이 날아들지만 신경 쓰지 않고 당당히 걷는다.

　이만큼이나 예쁘면 헌팅에도 용기가 필요한지, 없는 건 아니지만 횟수 자체는 그렇게 많지 않다. 물론 시간 끌리기 싫으니까 헌팅에는 바로 무시로 대응한다. 여자애라면 생각해 볼게.

　가까운 쇼핑몰에 들어가서, 어슬렁어슬렁 물건을 구경하며 가게를 돌아다닌다. 유행 확인은 빼놓을 수 없지.

　"응? 흐~음……."

　걷다 보니, 사람이 적은 화장실 근처에서 한 남성이 여성에게 바짝 다가붙어 있었다.

　남자는 전형적인 금발 양아치 스타일로, 피어싱을 하고 더럽게 촌스러운 영어가 쓰인 옷을 입고 있다.

　『Please show me to the bathroom as it looks like it's going to leak.』

　그거 의미는 알고 입은 거지……?

　쌀 것 같으니까 화장실로 안내해 줘, 같은 말인데…… 바로 옆에 있다구? 안내해 줄까?

　여성은 빨간 원피스를 입은 미인이었다.

　빨간 머리칼에 빨간 눈. 겉보기엔 혼혈 같고, 키는 작으며 트윈테일이 잘 어울린다.

이것 참 미인————크다아아아앗.

"가슴 겁나 커."

폭유잖아……. 나를 뛰어넘었어…….

얼굴도 평균 이상인 데다 저런 초시각적 폭력(가슴)이라니. 헌팅당할 만도 하네.

원피스는 심플하지만 노출이 있는 타입이고, 저 사람 자기 매력을 알고는 있는 걸까나아. 아니, 남친을 기다리던 중일 수도 있지.

……남자에 익숙하지 않은지 겁먹은 것 같은데. 도와줄 수밖에 없네에. 자기 스스로 극복할 수 없는 타입이면 도움을 줄 수밖에.

나는 뚜벅뚜벅 살짝 압박감을 내면서 그 자리로 향한다.

남자는 내 발소리를 듣고 돌아보더니—— 순식간에 콧구멍이 벌렁거리고 입가가 올라갔다. 무슨 이런 전형적인 반응이. 솔직하네.

"내 지인한테 볼일이라도 있어? 급한 일이 있어서 가봐야 하는데."

목소리는 평소대로. 하지만 조금 낮게.

확실하게 기분이 나쁘다는 분위기를 풍겨 남자를 위협한다—— 아니, 이 자식 내 가슴밖에 안 보고 있잖아. 밟아 죽여버릴까.

"아, 누나 이 사람 알아? 잘됐네, 같이 놀자고."

급한 일이 있다고 했는데 사람 말을 모르는 건가.

나는 한숨을 쉬면서, 어떻게든 온화하게 마무리 짓기 위해 선처한다.

솔직히 말해 그냥 달려들어서 후려쳐도 가볍게 이길 수 있지만, 폭력 사태가 되어 시간이 끌리는 건 싫고 만지고 싶지도 않다. 뒷부분이 중요.

"미안해, 두 명밖에 예약을 안 해둬서. 반년 전부터 응모했던 거라, 알겠지?"

나는 말을 맞춰 달라며 빨간 머리칼의 여성에게 시선을 보내고 윙크한다.

여성은 표정이 어두웠지만 내 의도를 파악한 것인지 고개를 끄덕였다.

"……으응."

으~음, 어디서 들어본 목소린데 너무 작아서 잘 모르겠네. 일단 이걸로 납득해 줬으면 좋겠는데.

"아――, 그거 끝난 뒤엔 안 돼? 아니면 번호 알려줄래? 민폐 안 되게 할 테니까 말이야."

그거 자체가 민폐라고.

화장실 위치도 모르는 사람은 입을 다물어 줬으면 좋겠다.

……으~음, 귀찮게 됐네에.

좋아, 도망칠까.

"잠깐 실례."

나는 그녀를 공주님 안기로 안아 든다. 걸린 시간은 1초.

물 흐르듯이 여성의 자세를 무너뜨리고 순식간에 안아 든 것이다.

"아."

남자가 눈을 휘둥그레 뜨는 사이, 나는 재빠르게 달아나기 시작했다.

"자, 잠깐…… 왜 이렇게 빨라!!"

쫓아오는 남자를 단숨에 뿌리치고, 나는 그 자리에서 탈출하는 데 성공했다.

이 몸은 하이스펙이라구. 신체 능력까지 포함해서.

후하하하, 하고 마음속으로 웃다가, 어느 정도 도망간 뒤에 여성을 내려줬다.

무슨 일이 벌어진 건지 잘 모르겠다는 얼굴이다. 응, 그럴 만도 하지.

"거칠게 옮겨서 죄송해요. 그냥 두면 절대 안 떨어질 것 같아서."

"……아니, 도와줘서 고마워. 떨고만 있던 나랑은 다르게, 연하인데도 강하구나."

여성은 어두운 표정을 유지하며 말했다.

나와 단둘이 되어서 본성이 나온 것 같은데, 말투가 유난히 어울렸다.

……아니.

아니아니, 설마.

으음, 하지만 사무소 근처니까 전혀 있을 수 없는 일은 아니네. 너무 우연의 일치지만. 사람의 운명이란 신기하다. 의도하지도 않았는데 만나게 될 줄이야.

2기생, 음악계 VTuber 클래시 본인이다.

말투도 목소리도, 모든 것이 일치하고 있다.

곧바로 알 수 있었다. 말투도 꽤 특징적이니까 말이지. 이래선 금방 신상이 들킬 텐데 괜찮으려나, 이 사람. 평소에 외출 안 하는 건 알고 있지만.

"왜 그러니? 가만히 서서."

"아아, 아니에요. 잠깐 생각하느라."

"그래……. 존댓말은 필요 없어. 나이도 비슷하잖니?"

"……응, 알았어. 고생했네, 언니."

역시 클래시 씨는 나에 대해 눈치채지 못한 모양이다.

당연하다. 하나요리 코하쿠는 현실의 나보다 목소리가 조금 높다. 메스가키 캐릭터를 위해 만든 목소리니까.

젠치 씨와 이야기할 때도 살짝 목소리를 바꾸고 있다. 빨간약 노출을 방지하기 위한 작업이기도 하지만, 순수하게 오타쿠들이 좋아할 것 같은 목소리를 연출하고 싶었을 뿐이다. 사실 내가 좋아하는 목소리기도 하고!

……좋아, 일단 이대로 눈치채지 못하게 하는 방향으로 가자.

"그래, 고마워. 좀 한심하지만 말이야. 뭔가 답례라도 해주고 싶은데 어떠니?"

"……으음, 신경 쓰지 말라고는 하고 싶은데 언니는 신경 쓸 것 같네. 그럼 근처 카페에서 뭐라도 마실까?"

"어머, 헌팅이니?"

싱긋 웃으며 한 그 말을 통해, 처음으로 클래시 씨는 웃음을 보였다. 정말로 매력이 넘치는 좋은 미소다. 연상 언니의 여유 있는 미소. 이런 거 좋아해요.

"그냥 살짝 관심이 있어서야. 지금 시간이 비니까 언니가 놀아줬으면 좋겠네, 싶은 거."

"그런 거라면 기꺼이 들어줄게. 나, 이 근처 지리에 어둡거든. ……그래서 길을 헤매다 헌팅당한 거야. 아무튼 카페는 네가 정하렴."

진짜 난리였겠네.

사람 많은 곳에서의 헌팅은 피하기도 쉽지만, 사람이 없는 곳에서의 헌팅은 끈질긴 경우가 많다.

야한 짓이 목적인지 여친이 갖고 싶은 건지는 모르겠지만, 필사적인 게 민폐란 말이지……. 깔끔하게 포기하기만 하면 뭐라 안 한다고. 원래 남자였으니까 마음만은 정말 모르는 것도 아니거든.

그 후, 나는 그녀를 (몰래 검색했다) 카페로 안내했다.

차분한 분위기의 좋은 가게. 커피콩의 냄새가 비강을 간질여서 기분 좋았다.

나는 자리에 앉아 커피를 하나씩 주문했다.

"언니, 밖에서 온 거야?"

"아니. 도쿄에 살고는 있지만, 집에서 잘 나오지를 않아서……."

"그렇구나. 뭐, 여기가 길 헤매기 쉽긴 해. 지도도 보기 어렵고. 그럴 때 한번 거절해도 포기 안 하는 타입은 연락처만 알려주고 바로 차단해 버려. 언니는 미인이니까, 대처는 잘 해 두는 게 좋을 거야――."

"으응, 알고 있어. 하지만 생각대로 몸이나 입이 움직이질 않아서……. 안 되겠네. 집 밖은 무서워."

클래시 씨는 남자가 익숙하지 않은 모양이다. 분위기만 보고 짐작한 건데 사실이었네. 익숙하지 않다기보단 무서운 걸까나? 예전에 무슨 일이라도 있었나 보다.

한번 스며든 공포를 털어 내는 건 쉽지 않다.

트라우마는 간단히 해소되지 않으니까. 좋지 않은 기억이 플래시백 하며 사고를 동결시킨다.

……잘 알지, 나도.

분위기가 어두워졌기에, 나는 주제를 바꿔 다시 입을 열었다.

클래시 씨도 별로 떠올리고 싶지 않은지 조금 적극적으로 이야기해 주었다.

그렇게 잠깐 사이, 우리는 별것도 아닌 이야기로 시간을 보냈다.

* * *

집합 시간까지는 아직 여유가 있다.

조금 더 이야기에 열중해 볼까 생각하던 차에, 참치 짱에게서 『길 잃었어요 도와주세요 부탁드립니다 하느님부처님하나요리니임……!』이라는 메시지가 와서 끝내기로 했다.

"……슬슬 시간이 됐으니까 가볼게."

"그래……. 오늘 정말 고마워."

클래시 씨는 내 착각이 아니라면 조금 아쉬운 듯한 눈길을 보내고, 고개를 저으며 웃었다.

후후후후후…… 슬슬 정체를 공개해 보실까나.

사무소에서 직접 만나면서 해도 괜찮지만, 이대로 가면 또 길을 헤매다가 헌팅당할 것 같다. 덤으로 참치 짱도 마중 나가 볼까.

"또 밖에 나가는 게 불안해지면 날 불러 줘. 언제든 도와줄 테니까."

"……만난 지도 얼마 안 됐는데 폐를 끼칠 수는 없잖니."

"만나서 이렇게 얘기했으면 친구 아냐?"

애매하게 웃는 클래시 씨. 분명 연하인 내게 자기 사정으로 폐를 끼친다고 생각하는 거겠지.

그렇기에, 걱정은 없애고 가야겠다.

나는 클래시 씨에게 다가가 가만히 있으라고 전했다.

그리고 귓가에 속삭인다.

하나요리 코하쿠로서.

"그리고—— 또 만나게 될 거니까. 클래시 씨."

"——웃, 다, 당신은 설마."

튀어 오르듯이 물러난 클래시 씨를 향해 킥킥 웃으면서, 새삼 손을 내밀어 인사한다.

"2기생 하나요리 코하쿠입니다——. 잘 부탁해. 클래 짱."

"크, 클래 짱? 아, 아무튼 그건 됐고, 언제부터 눈치채고 있었던 거니?"

"목소리 들었을 때지이. 방송이랑 똑같잖아."

"왜 말해주지 않은 거야?"

"같은 VTuber라는 걸 알았으면 이렇게 밝게 이야기 못 했을 거 아냐. 나는 하나요리 코하쿠지만, 그 전에 먼저 **나**로서 당신과 이야기하고 싶었어."

그러자, 놀란 듯한 시선이 내 눈동자를 꿰뚫었다.

"나로서……?"

"? 그래그래. 기껏 동기니까 사이좋게 지내고 싶잖아?"

"난 혼자서도 해나갈 수 있어."

"난 혼자서는 해나갈 수 없거든. 내 사정에 어울려 줘서 고마워."

"하아…… 솔직히, 사무소 위치조차 몰랐으니까 안심했어."

"응응♪ 우리 쪽 또 하나의 2기생이 길을 몰라서 울고 있으니까 같이 합류하자. 나 참, 길치가 너무 많은 거 아냐?"

"면목이 없네."

최종적으로 조금 꺾인 클래 쨩이, 기가 찬 듯한 한숨을 뱉었다.

그럼 참치 쨩을 맞이하러 가보실까.

클래 쨩의 손을 잡아끌며, 나는 참치 쨩을 맞이하러 이동한다.

메시지는 아무래도 역 화장실에서 부들부들 떨면서 보낸 것 같다. 존재 자체가 너무 약한 거 아냐?

인파에 취해 길을 헤매다가 한계가 온 거겠지만, 가장 먼저 나를 의지한 건 장하다.

"나 참, 손이 많이 가는 애네."

"너 정말 우리 중 최연소인 거니……."

정신연령은 그럭저럭 올라갔으니까 말이지이~.

물론 정신이란 육체에 끌려가는 경향이 있어서, 그렇게 나이를 의식한 적은 없다. 하지만 인생 2회차의 강점은 나름 있다고.

클래 쨩과 이야기하며 참치 쨩이 지정한 화장실에 도착했다.

……첫 만남이 화장실이라니. 똥통이라고 이름값 하는 거야? 그렇게까지 사무소를 사랑할 필요는 없는데.

뭐 그런 농담은 제쳐두고, 웬일로 화장실은 한 칸을 제외하고 비어 있었다. 틀림없이 이 한 칸에 참치 쨩이 들어 있는 거겠지.

"참치 짱~? 있어~?"

그 순간, 기세 좋게 잠금이 풀리며 안에서 긴 흑발의 여성이 튀어나와 나를 끌어안는다.

"하나요리 띠이이이이!!!! 훌쩍, 흐윽, 저 이제 이 화장실에서 평생 못 나오는 줄 알았어요……. 아니, 미소녀?! 리얼 미소녀?!"

"달라붙지 마, 짜증 나."

"너무해액."

"농담이야."

여성, 아니 참치 짱은 나보다 조금 키가 컸다. 복장은 흰색 하이넥과 회색 카디건이라는 심플한 상의에 아래는 푸른색 플리츠 스커트.

얼굴이 눈물로 엉망이 되었지만, 이렇게 봐도 이목구비가 단정하다. 나 정도까진 아니지만 충분한 미소녀다. 힘껏 자화자찬 해버렸네.

그리고, 중요한 게 하나 있다.

가슴이 엄청나게 닿고 있다.

그것도 딱 좋은 사이즈. 양손에 착 감길 느낌이다.

그런 게 내 허리 부근에 물컹, 짓눌리고 있다. 그 무자각 무작위의 바디 터치에 살짝 뭔가가 와 버렸다.

네 이놈 참치 녀석. 이런 패를 숨겨두고 있었다니.

그러나 당하고만 있는 건 내 원칙에 반한다.

당했다면 몇 배로 되갚아 줘야만 성이 차지.

부드러운 가슴은 내 사고를 능숙하게 방해하고 있었지만, 이미 익숙해졌다.

"이렇게나 울다니…… 내가 많이 보고 싶었던 걸까나?"

"그게. 의지할 사람은 하나요리 씨밖에 없었고. 지도도 못 읽어서, 지푸라기라도 잡는 심정으로 하나요리 씨한테 연락한 거예요."

"흐응~. 의지할 사람은 나밖에 없는 거구나아."

꽤 귀여운 소리를 해주잖아.

참치 짱은 어쩐지 상대를 부추기는 데 소질이 있다. 아마 자각 없이 하는 거겠지만, 그 순수함이 가학심에 불을 붙이는 것이다.

역시 똑바로 서면 참치 짱이 키는 더 크다. 왜일까, 만화에 자주 보이는 엄청 예쁜 팔척귀신 님, 같은 느낌이다. 그렇게 큰 건 아닌데도……. 175cm는 넘으려나?

내 키는 160cm니까 꽤 올려다보는 모양새가 된다.

빤——히 참치 짱을 관찰하는 나를 갸웃하며 보고 있던 참치 짱. 그 긴 몸을 탁, 하고 가볍게 밀어 벽까지 후퇴시킨다.

"뭐, 뭐, 뭐 뭐 하시는 거예요오……!"

"나 말고 의지할 사람이 없으면 말이야——. 이런 짓 해도 되는 거겠지?"

참치 짱과 콜라보 할 때 연기한 여기사의 목소리를 다시 불러와서—— 이른바 벽치기&턱 들기를 한다. 뻔한 이야

기를 좋아하는 참치 짱에겐 효과가 직방일 거라 생각했는데…….

"꺄악——! 얼굴의 폭력! 압도적 미소녀의 폭력이에요오……!"

엄청 효과적이잖아. 너무 예상대로라 오히려 웃음이 나오는데요.

참치 짱은 화악 얼굴을 붉히고 외치며 눈을 뒤집는다.

그대로 스르륵 주저앉아 버려서, 결국에는 내가 참치 짱을 내려다보는 구도가 된다.

나는 벽치기를 유지하며 요염하게 입술을 핥는다.

오오——, 사춘기 남자애 같은 시선이 오고 있네에.

하지만 연상으로서의 마지막 자존심인지, 그녀는 힐끔 내 뒤에 멍하니 서 있는 클래 짱을 확인하고 양손의 검지 손가락으로 ×를 만든다.

"아, 안 돼요! 제 입장에서는 그으, 딱히 싫지는 않지마안……?! 뒤에 계신 분이 빤히 보고 계시니까아……?!"

"괜찮아. 같은 2기생 클래시니까——. 후우~."

"우햐아악?!?! 전혀 괜찮지가 않은데요오……!"

귓가에 숨을 불어넣자 그녀의 몸이 움찔 떨린다.

살짝 눈물을 머금고 있는 모습이 상당히 자극된다.

"저기이…… 역시 같은 2기생분이 보고 있는 와중에 이러는 건 너무 진도가 많이 나간 것 아닐까요! 이런 건 조금 더 관계가 깊어진 뒤에——."

나는 두 손으로 참치 짱의 얼굴을 붙잡고 억지로 시선을 맞춘다.

"지금은── 나만을 봐 줘."

"네에에엣!"

재밌다.

연상 미녀 가지고 놀기 재─밌─어! 쓰레기라고 불러도 상관없다구. 이 즐거움은 체험해 보지 않으면 모르는 거니까.

자 그럼, 놀리는 건 여기까지 할까나. 그렇게 생각한 타이밍에 드디어 뒤에 있던 클래 짱이 입을 연다.

"아니, 잠깐 기다려. 대체 난 뭘 보고 있는 거람."

"뭐긴, 살짝 장난친 거야. 클래 짱도 낄래?"

"안 낄 거야……. 하아…… 이게 소문으로만 듣던 완전 함락이니 뭐니 하는 거니?"

"저 함락되지 않았는데요오……?!"

"침이나 닦고 말하렴."

딱 맞는 티키타카에 킬킬 웃으면서, 나는 손목시계를 가리키고 말했다.

"그럼 슬슬 녹화하러 가볼까, 길치 씨들."

""크.""

내가 도와준 건 사실이니 아무 말도 못 하겠지~.

잠깐, 방금 메스가키 같지 않았어?! 아, 우와, 첫 성공일지도 모르겠다.

＊ ＊ ＊

"""흐에……."""

드물게도 우리 셋의 목소리가 겹쳤다.

전부 눈앞에 있는 고층 빌딩을 본 감상이다. 만에 하나라도 한탄은 아니고, '정말로 여기 와도 되는 건가'라는 부담감이다.

나름 벌고 있는 건 알고 있었지만, 이 빌딩의 3개 층을 차지한다니 상당하네. 게다가 여긴 본사도 아닌 지사잖아.

본사의 사장실은 어느 고층 맨션의 최상층에 있다. 사장의 직장 겸 자택이라나. 꽤 특수한 형태지. 왜 나눠둔 걸까?

우리는 말없이 엘리베이터에 탄 뒤 3층에서 내렸다.

그러자, 한 명의 여성이 우리를 마중 나왔다.

꼭 맞는 정장을 입은 흑발 보브컷의 여성. 처진 눈에 상냥해 보이는 분위기가 감돌지만, 지금은 다크서클을 통해 피로가 짙게 드러나고 있다.

우리 2기생의 매니저다.

"아, 여러분 빨리 오셨네요. 길이 좀 복잡해서 헤매시는 거 아닌가 걱정했어요."

"아하하~, 아무리 그래도 그럴 일은 없죠."

클래 쨩과 참치 쨩은 동시에 시선을 돌렸다. 알기 쉬운 반응 좀 하지 말아줄래, 너희들? 나름 연상이잖아.

참고로 오는 중에 들은 이야기에 따르면 클래 쨩은 19

살, 참치 짱은 21살이라나 보다.

제일 아이 같은 참치 짱이 최연장자인 건 놀라웠다. 그러고 보니 전체적으로 연령층이 낮네.

"그런가요! 다행이네요. 역까지 마중을 보낼까 고민했는데, 하나요리 씨라면 어떻게든 해주시지 않을까 싶어서요."

"저한테 다 맡기신 거네요. 딱히 상관은 없지만, 이래 봬도 저 최연소라구요."

클래 짱과 참치 짱은 또다시 동시에 시선을 돌렸다. 그거 매번 하려는 거야? 이제 됐다고.

"우선은, 시간이 촉박하니 조율부터 할까요. 녹음실에서 회의하죠."

그렇게 말한 매니저가 부리나케 걸어갔다.

"저 매니저님 저를 보는 눈이 무서웠는데요오!"

"나한테는 불쌍하게 보는 시선이었어. 어쩐 일이람."

"너희가 상식과 동떨어져 있기 때문이겠지."

소곤소곤 그런 대화를 나누며 도착한 곳은, 다양한 기재가 놓인 녹음실이었다.

의자가 네 개 놓여 있고, 원형 테이블 가장자리에 시간표가 준비되어 있었다.

"오늘은 사전에 연락드린 대로, '2기생 라디오!'라는 소재로 저희의 공식 미튜브 채널에 올릴 영상을 찍을 거예요. 오프닝 토크, 프리 토크 코너, 그 이후엔 사전에 모아놓은 질문에 대답하는 순서로 갈 거예요. 사회자는 하나요리 씨께 의뢰드렸어요."

"네——, 잘 부탁드려요——."

태도를 확 바꾼 클래 짱과 참치 짱은 진지한 표정으로 끄덕끄덕 고개를 움직인다. 중요한 때에 의식을 전환하는 것. 정말로 중요한 부분이라고 생각한다.

자연스럽게 있는 사람도 있지만 말이야. 나라든가.

"이번에는 사전녹화라서 채팅을 보고 이야기하는 건 불가능하지만, 대신에 편집으로 장면을 컷하는 게 가능해요. 긴장하지 마시고 침착하게 진행해 주세요. 녹화 시간은 1시간이지만 실제 영상으로 만들어지는 건 30분 정도예요. 오디오가 비는 시간이나 실언 같은 걸 지우면 그 정도가 될 거라 생각하거든요."

그렇구나.

뭐, 30분짜리 영상을 30분 만에 찍을 수 있을 리가 없지. 라이브랑은 다르니까. 그 차이를 이해하지 않고 진행하면 결과가 흐지부지해질 것 같은데에.

흠흠, 하고 고개를 끄덕이며 계속되는 설명을 들었다.

"——뭐, 이 정도예요. 질문 있으신가요?"

"네."

클래 짱이 손을 든다.

예의 바르게 팔꿈치까지 뻗은 거수다.

"이번 콜라보의 의도는 뭔지요? 동기 사이에 구독자 차이를 좁히려는 거라는 생각이 듭니다만."

"그런 의도가 없다고 하면 거짓말이겠지만, 이건 저희에게도 새로운 시도라 시금석으로서의 역할도 있어요."

"저희는 산 제물이라는 건지?"

클래 짱은 분노, 라기보단 불쾌해 보였다.

자기 뜻대로 자유롭게 방송을 진행해 와서인지, 갑자기 조직에 얽매이는 것 자체가 싫은 걸지도. ……뭐——, 자기만 구독자 수가 적으면 그렇게 생각할 만도 하겠네.

나는 매니저를 도와주기 위해 나선다.

"클래 짱. 난 조직의 의도고 뭐고 상관없다고 생각해. 그냥 즐기고 싶을 뿐이지. 난 클래 짱과도 참치 짱과도 콜라보하고 싶어. 그런 이유로는 안 될까?"

꾸밈 없는 내 본심을 부딪친다.

함락시키니 뭐니 하는 생각은 오늘은 전혀 들어 있지 않다. 전생의 최애 중 하나였던 음악계 VTuber, 클래시. 나는 그저 그런 위대한 인물과 콜라보하고 싶을 뿐이다.

그리고, 참치 짱과도 첫 오프 콜라보기도 하고.

이건 사무소가 준 소중한 기회라고 나는 생각하고 있다.

"마, 맞아요. 저도 엄청나게 긴장하긴 하지만, 방송하는 건 재미있어요. 특히 하나요리 씨와의 첫 콜라보는 자극적이고 즐거웠어요. 저, 저는 클래시 씨와도 콜라보가 하고 싶어요……!"

말 잘하네.

참치 짱을 살짝 칭찬하며 클래 짱의 반응을 살핀다.

그녀는 포기한 듯 한숨을 뱉더니, 이내 미소 지었다.

"미안. 조금 열이 올라버렸나 봐. 나도 싫다는 건 아니었어. 너희와 만난 지는 얼마 안 됐지만, 이야기하면서 즐거웠으니까. 그러니까…… 그, 잘 부탁할게."

약간 볼을 빨갛게 물들인 클래 짱에게 덕심이 폭발하는 걸 느꼈지만, 어떻게든 리비도를 억눌렀다. 나와 참치 짱은 "응!" 하고 고개를 끄덕인다.

지금, 처음으로, 아주 조금.

미세한 진전이지만 2기생이 뭉쳤다.

나는 확실히 그렇게 생각했다.

* * *

"여러분, 좋은 아침점심저녁! 시작합니다! '2기생 라디오!'. 사회자인 저, 하나요리 코하쿠와 그 외 두 명으로 진행됩니다~."

드디어 시작된 '2기생 라디오!'는 내 자그마한 농담으로 막을 열었다.

사전 대본은 거의 없는 거나 마찬가지지만, 어찌저찌 방송 형식이 되면 커뮤력이 오르는 두 사람에게 기대해 본다. 무슨 일이 있을 땐 내가 커버하면 그만이고.

녹음실에는 매니저와 스태프 몇 명이 있다.

TV 프로그램의 녹화 같아서 조금 두근두근한다.

"히엑, 소개가 생략됐다⋯⋯?!"

"같은 2기생을 그 외 취급하는 건 무슨 생각이니?"

"하하하, 농담이야. 자, 참치 짱과 클래 짱입니다."

"너무 대충인데요?! 2, 2기생 칠흑검사 참치마요입니다아⋯⋯."

"같은 2기생 클래시야."

드문드문 외부에서 박수 소리가 들려온다.

이런 느긋한 분위기 꽤 좋아한단 말이지이. 시청자들도 부디 뒹굴거리면서 들어줬으면 좋겠다.

"이야~, 시작됐네. 어때? 둘 다 긴장 중?"

타이틀 콜이 끝나고, 오프닝 토크 파트로 넘어간다.

나는 우선 덜덜덜덜 떨고 있는 참치 짱과 태연하게 있는 클래 짱에게 시선을 보낸다.

"보, 보면 아시잖아요오⋯⋯?!?!?!"

"음⋯⋯ 물어볼 것도 없었네!"

나는 눈물을 머금은 채 떠는 참치 짱을 한 번 슬쩍 보고 단언했다.

그리고 참치 짱이 평소처럼 외친다.

"너무해!!"

"나, 긴장 안 한 참치마요 씨는 본 적이 없네."

"클래시 씨마저⋯⋯?!"

"상시 긴장 상태라니, 말도 안 되는 디버프를 들고 있네."

"좋아서 들고 있는 게 아닌데요!!"

"그럼, 참치 짱 괴롭히기는 여기까지 하고 다음 코너 들어갈게——."

연약한 눈초리로 노려보는 참치 짱. 하지만 눈빛이 너무 약해서 귀엽게 바라보고 있는 걸로만 보이네에.

"자자, 참치 짱. 나한테 홀려 있지 말고."

"홀려, 홀려…… 홀려 있지 않은데요!"

"아니, 진짜 홀려 있던 거냐구."

살짝 깨면서 좋은 장난감 역할을 해주는 참치 짱에게서 눈을 뗀다.

"다음은, 프리 토크……. 아니, 아까랑 별로 차이 없지 않아?"

그러자 히죽 웃은 클래 짱이 나와 시선을 맞추며 입을 연다.

"그 말은?"

뭘 좀 아는구나, 클래 짱.

그 말은 즉——.

"참치 짱을 괴롭힐 수 있어……??"

"그만해 주세요오오!!"

실내를 웃음으로 가득 채우며, 우리의 콜라보는 성공적인 첫걸음을 내딛었다.

* * *

프리 토크는 참치 짱을 괴롭히면서, 모두에게 균등하게 화제가 가도록 사회자인 내가 열심히 노력했다.

생각대로 안 되는 게 세상일이니 뭔가 트러블이 생기지 않으려나 하고 의식했는데, 참치 짱과 클래 짱과의 토크가 좋은 템포로 진행된 덕에 아직까지는 순조롭다.

"――그래서, 화장실에 틀어박힌 참치 짱이 '하나요리 띠이이이이!!!' 하고 튀어나왔다니까."

"방금 그 너무 닮은 성대모사는 꼭 하셔야 했나요?!?! 그리고, 제가 그 정도였다구요……??"

"그건 정말 비참한 꼴이었지. 뒤에 있던 내 모습도 안 보였던 것 아니니?"

"웃, 그치만 하나요리 씨가 벽치기 같은 걸 한 게 잘못이라구요오."

"허무하게 함락당해서 허리에 힘이 빠져버린 건 어디 사는 누구일까나아――?"

"그런 장면을 외야에서 관람당한 건 어디 사는 누구일까나?"

""죄송합니다…….""

도중에 클래 짱의 존재를 잊고 있었던 건 잘못이라고 생각한다. 응. 약간만 말이지. 참치 짱이 쉬운 여자인 게 가장 큰 원인이니까.

난 잘못한 거 없어!!

"뭐, 결국 따지고 보면 클래 짱과 참치 짱이 길을 헤맨 게 모든 것의 이유 아냐?"

""으윽.""

"아니, 이 라디오 시작하기 전에도 몇 번 얘기한 건데, 안내해 주고 있는데도 갈팡질팡 다른 방향으로 걸어갔잖아? 개 산책시키는 기분이었다구."

"꼭 부정할 수만은 없는 게 분하네."

"개……. 하나요리 씨의 개……."

"살짝 괜찮다고 생각 중인 거 아냐?"

"아뇨, 아, 아뇨! 생각 안 했어요, 네!"

살짝 볼을 붉히며 다른 차원으로 떠난 참치 짱을 불러들인다. 지적하니까 호들갑스럽게 부정하는데, 인정한다는 반응이다.

헤에~, 개, 말이지?

참치 짱이 진성 마조 기질인 건…… 뭐, 접해보면 알 수 있는 거지만 난 딱히 새디스트가 아니거든. 연기라면 할 수 있고, 그것도 나름대로 재미있지만 말이야.

연기까지 포함한다면 나는 S든 M이든 자유자재라고.

"참치 짱은 일단 내버려 두고 다음 코너로 갈까나아."

"다음은 질문 코너 아니니?"

사회자인 나를 내세우듯이 클래 짱이 말한다.

"맞아! 시청자에게서 사전에 모은 질문들을 엄선했어."

올 것이 왔구나, 하고 나를 제외한 두 명이 살짝 긴장감을 드러낸다.

지금까지는 어느 정도 정해진 길을 따라 이야기해 왔지만, 질문은 완벽하게 처음 보는 것들.

신선한 반응을 위해서라고 매니저는 말했지만, 이거 꽤 힘든 일인 거 알고 있으려나……. 우리 데뷔한 지 한 달도 안 지났는데요.

참고로 나도 완벽하게 처음 보는 거다.

방금 스태프에게 건네받은 것은, 질문 종이가 들어 있으리라 추정되는 박스. 방식이 상당히 아날로그네…….

"질문…… 저 같은 사람한테 올까요……??"

"위로해 줄게."

"안 온다는 전제로 얘기하시네요……."

걱정스러워하는 참치 짱. 하지만 그럴 가능성은 없다고 본다.

질문을 엄선한 건 스태프니, 분량을 생각하면 반드시 모든 사람 앞으로 질문이 들어 있을 거다. 전원을 향한 질문도 많을 터.

이제부턴 사회자인 내가 얼마나 잘 굴려 갈 수 있는가에 달렸네~.

"그럼, 바로……. 얍. '처음으로 오프라인에서 만났을 때의 감상은?'이래."

우리가 질문에 대해 생각하고 있는 사이, 의외로 참치 짱이 제일 먼저 답을 말했다.

"저기, 하나요리 씨는 구세주. 클래시 씨는 방관자예요."

"그렇겠지. 장소가 장소니까."

"지켜볼 수밖에 없었던 저에 대한 비꼬기인지?"

"눈이 무서워엇……! 아, 아니에요. 사, 상황적으로 그렇게 말할 수밖에 없다고 해야 될지……!"

횡설수설 변명하는 참치 짱을 게슴츠레 본다.

계속 자기 무덤을 파는데……. 일부러 그러는 건 아닌지 의심해 버리게 되지만, 반응을 보면 진심이라서 재미있다.

"그럼, 다음은 클래 짱!"

"그렇지……. 하나요리 씨는 구세주, 참치마요 씨는 불쌍함? 이려나."

"잠깐만, 기다려 봐. 난 왜 구세주 고정인 거야???"

"상황적으로 그러니까 어쩔 수 없잖니."

"그래도……. 어느 쪽한테도 대단한 일을 해준 적은 없는데에."

일단 헌팅당했다는 얘긴 얼버무리고, 내가 클래 짱을 도와줬다는 정보는 프리 토크 때 얘기했다. 설마 그러진 않을 거라 생각하지만 인물이 특정되면 곤란하니까.

그래도 그 상황을 맞닥뜨리면 누구든 도와줄 수밖에 없었을 거고, 참치 짱한테는 아예 마중 나가준 것밖에 한 게 없는데.

그런 생각을 하고 있자니 참치 짱이 망설이다가 외쳤다.

"저기 이거, 불쌍함이라는 제 인상은 무시당하는 전개인 거죠?!"

"그럼 불쌍함 말고 뭐가 있어야 하는데?"

"타당하다고 생각해."

"저에 대한 취급이 너무하신 것 아닌가요!!"

이제 와서 그러네. 사실만 말했을 뿐인데.

괴롭힘을 싫어했다면 이렇게까지 심하게 말하진 않았겠지. 근데 참치 짱, 코를 훌쩍훌쩍거리면서 기뻐하고 있잖아? 아마 오랜 시간 관심받지 못한 폐해라고 생각하는데, 사람이란 간단히 변신(마조로)할 수 있는 거였구나.

말하지 않는 게 좋겠어.

"참고로 내가 생각한 인상은 있지이……. 클래 짱은 폭탄 병기."

"저기, 어딜 보는 거니?"

"가슴."

"좀 얼버무리렴!"

큰 소리를 내며 휙 가슴을 숨긴 클래 짱이 살짝 거리를 벌린다.

오히려 더 야해졌어.

클래 짱의 아바타는 긴 금발의 폭유 미소녀니까, 여기서 가슴에 대해 언급해도 문제는 없다.

"참치 짱은 물컹."

"전부 특정 부위 얘기잖아요오!!"

"쉽사리 껴안고 든 참치 짱의 잘못이라고 생각해. 난 아무것도 안 했는걸."

깔깔 시끄럽게 떠들며 웃는 우리들.

부러워하도록 해, 시청자 제군.

그럼 다음 질문으로 가볼까.

"그럼, 다음. '저는 원래 개인이 아닌 그룹 전체를 최애로 삼는 사람인데요, 최근에 하나요리 어쩌구 씨 때문에 개인을 최애로 삼아버릴 것 같아요. 어떻게 해야 할까요'. 이거, 나를 향한 질문이지?"

으~음, 그렇지이.

답은 금방 나왔다.

"나를 최애로 삼는 게 전체를 최애로 삼는 거야. 전부 함락시킬 거니까. 그리고 이름은 똑바로 기억해라."

"심각한 폭언을 들은 기분이네……."

질린 듯한 시선으로 나를 보는 클래 짱과, 휘파람이라도 불 것 같은 얼굴로 시선을 돌리는 참치 짱. 응, 넌 이미 함락당한 쪽이니까 말이지. 아무 말도 못 하는 게 당연해.

"확확 가자구. '클래시 씨의 마왕을 들은 뒤로 매일 듣지 않으면 몸이 떨리게 됐어요. 어떡해야 할까요'. 그렇다는데, 클래 짱."

"계속 생각한 건데, 이건 질문이 아니라 상담이 아닌지?"

"세세한 걸 신경 쓰면 지는 거야."

나도 똑같은 생각이지만, 원래 이런 거라고 딱 잘라내면 딱히 큰 감정은 안 생긴다.

"하아……. 몰라. 계속 내 연주를 들으면 되는 일이잖니."

"하하하, 대담하네!"

"고, 백?!"

나와 참치 짱이 놀려대자, 클래 짱은 뺨을 살짝 붉히고 부정한다.

"그런 의미로 말한 게 아니야."

"맞아맞아, 클래 짱은 내 거니까."

"네 것도 아니야."

호호호, 언젠가 함락시킬 테니까 각오해 두라구~.

지금은 아직 그때가 아니니까 말이지.

이야기하면서 알게 된 건데, 클래 짱은 속에 무언가를 숨겨두고 있다. 아직 내겐 그걸 밝힐 수단이 없다. 조각이 모여 있지 않으니까.

……이거 처음으로 벽을 만난 것 같은데.

──아니지, 지금은 라디오 중이다.

"그럼 다음~. 오, 잘됐네 참치 짱. '커뮤니케이션이 힘들어요. 긴장하지 않고 사람과 이야기하려면 어떻게 해야 할까요. 참치마요 씨'."

"저, 저한테 그걸 묻는 건가요오?!?! 어어, 뭘 말해도 부메랑처럼 제게 돌아올 것 같은데요! 아무리 발버둥 쳐도 제가 당하는 게 확정 사항이잖아요! 그리고 그런 방법이 있으면 제가 알고 싶다고요오오오오!!!"

짓궂은 질문에 참치 짱이 영혼의 외침을 내지른다.

애달프군…… 비통한 외침이야.

"괜찮아(ㅋㅋ)."

"입 모양으로 꼴사납네, 라고 하는 부분이 악의적이잖니."

"씨익―……씨익―. 커뮤증 고치고 싶어엇!"

"아는 사람끼리는 잘 얘기할 수 있으니까 괜찮잖아. 그렇게 착실하게 자신을 표현하면서 이야기하는 점은 존경스러워."

머리를 귀 뒤로 넘기며 포근한 웃음으로 참치 짱을 본다.

예상대로, 화악 얼굴을 붉히며 히죽히죽 행동이 이상해지는 참치 짱.

"으엣, 그으 저기…… 감사합니다……. 부, 부끄러워……."

"쉽네."

"몇 번을 걸리는 거람."

"에엣?! 거짓말이었나요?!?!"

"진짜지만 몇 초 만에 넘어오는 점은 쉽다고 생각하고 있어."

"우으윽…… 기뻐져 버리는 제가 한심해요오!"

클래 짱은 물론이고, 나는 참치 짱도 꽤 인정하고 있다.

인간성 면에서도, 방송인으로서도. 기본적으로 참치 짱에 대한 호감도는 높다. 귀엽고, 그렇게 귀여우면서 연상이라는 점이 참을 수가 없다.

만약 고등학교 선후배로서 만났다면 확실하게 팍팍 대시해서 함락시킬 자신이 있다.

"그럼, 다음~. 오, 나한테 온 질문이네. 뭘까 뭘까……. '하나요리인가 하는 괴물은 대체 어떤 유소년기를 보냈길래 이렇게 된 건가요?'. 너무 실례 아냐? 누가 괴물이냐구."

인공 하이스펙이라는 건 알고 있지만, 괴물 취급당할 정도의 일을 저지른 기억은 없다.

이해를 못 하고 있자니 쭈뼛쭈뼛 참치 짱이 손을 들었다.

"응, 말해 참치 짱."

"그, 그으……. 괴물이라는 말은 일단 제쳐두고, 하나요리 씨가 어떤 유소년기를 걸어왔는지는 흥미 있어요……."

"그러게. 괴물은 제쳐두고, 어떤 과거를 걸어왔는지는 궁금하네."

"제쳐두기만 하지 부정은 안 해주는구나."

왜 시선을 돌리는 거야. 응?

뭐, 평범한 사람은 최애가 있는 VTuber 사무소에 들어가기 위해 유소년기부터 훈련하지는 않겠지. 인생 2회차이기에…… 여자애로 태어났기에, 이 야망을 실현하겠다고 영혼에 맹세했다. 이를테면 장대한 인생 계획이라는 거다.

인생을 똥통에 바치려 하고 있으니, 내 마음도 나름 무겁다.

"난 평범한 여자애라구?"

""그건 아니야(아니에요).""

"전면 부정?! 그렇게 따지면, 참치 짱도 클래 짱도 평범하진 않잖아."

""으윽.""

나의 지극히 타당한 태클에, 두 사람이 수수께끼의 대미지를 받았다. 나쁜 의미로 말한 건 아닌데 말이지.

"애초에 말이야. 평범해야 할 필요는 없잖아. 평범의 기준은 사람마다 다르고, 개성이 강했기에 통통에 들어온 거야. 자신의 스케일을 평범이란 말에 담으려고 하면 안 돼. 분명 성장을 가로막는 무게추가 될 거야."

……너무 잘난 듯이 떠들었나?

하지만 난 정말 그렇게 생각한다.

나는 특별하니까. 선택받은 존재다, 하는 중2병까지 발전하면 답이 없지만, 어느 정도의 개성은 필요하다. 사람은 다른 사람보다 뛰어난 것을 가지고 있을 때 자신을 얻는다.

VTuber도 자신이 없었다면 안 했다.

나를 바꾸고 싶어서. 나를 받아들여 줄 세계를 원해서. 그럴 때도, 한 걸음 내딛을 수 있었던 건 자신이 있었기 때문이다.

참치 짱도 클래 짱도 그런 게 조금 부족하단 말이지. 둘 다 귀엽고 훌륭한 특기도 있으니까 자랑스러워해도 된다고 본다. ……그 부분이 어려운 거지만.

말을 마친 뒤 힐끔 참치 짱과 클래 짱을 보자, 둘은 생각에 잠긴 듯 고개를 숙이고 있었다.

"……하나요리 씨는 자신만의 생각이 있으시네요."

"어, 욕이야?"

"아, 아, 아니에요오!! 그런 의미가 아니고요! 저, 저는 그냥 어렴풋한 소망으로 VTuber가 되고 싶다고 생각한 거라서……."

"그러게……. 의미를 찾고 있는 우리와는 달리, 의미를 이해하고 활동하고 있는 당신은 훌륭하다고 생각해."

꽤나 난해한 소리를 하네, 클래 짱은.

뭐, 요점은 알 것 같다. VTuber가 된 의미를 방송 활동을 통해 찾고 있는 참치 짱과 클래 짱. 그리고 VTuber가 되어 무엇이 하고 싶은지 명확히 알면서 나아가고 있는 나. 그 차이를 이야기하는 거겠지.

목표니 장래희망이니 하는 건 참 어렵단 말이지. 아──싫어, 전생의 취업 준비가 떠올라…….

내가 과거를 떠올리고 있자니 앗, 하고 무언가를 눈치챈 참치 짱이 말했다.

"그래서, 하나요리 씨는 어떤 유소년기를 보내신 건가요오……?"

"그러고 보니, 그런 질문이었잖니."

그랬지. 어쩐지 진지한 이야기가 돼서 까먹고 있었다.

"음~, 단순하다구? 쉬지 않고 목을 괴롭혀 주고, 사람도 사귀면서 수행&수행을 거듭하는 나날을 보냈을 뿐이야.

자, 지금 당장 너도 하나요리 코하쿠가 되자!"

"되겠냐아아아아아아아!!!"

참치 짱이 오늘 중 가장 큰 음량으로 태클을 마쳤다. 응, 역시 기운찬 게 제일 중요하지.

그런 생각을 하고 있는데, 스태프가 '슬슬 시간이 됐어 요'라고 쓰인 스케치북을 들어 올렸다.

꽤 조잡하지만 마무리도 됐으니, 나는 엔딩 토크로 넘어 간다.

"뭐, 그래서 말이지. 2기생 라디오!에도 슬슬 끝낼 시간 이 찾아왔어. 어땠어? 두 사람은."

"처음부터 끝까지 치욕을 맛봤어요."

참치 짱이 즉답했다. 뭐 그럴 만도 하지.

"콜라보 자체가 처음이었지만, 의외로 즐거웠어. 또 하 고 싶네."

"오오, 그거 다행이네. ……나도 즐거웠어. 이런 기회를 준 매니저와 스태프분들께 감사해. 그럼, 2기생 라디오!는 여기서 끝! 다들 고마워어~."

"가, 감사합니다!"

"고마워."

이래저래 해서, 우리의 첫 2기생 콜라보는 막을 내렸다.

8. 2기생 라디오! ~시청 중~

1: 이름 없는 VTuber 오타쿠
이 스레드를 만들라는 계시를 받은 것 같음

2: 이름 없는 VTuber 오타쿠
≫1
잘 만들었다

3: 이름 없는 VTuber 오타쿠
≫1
ㄴㅇㅅ

4: 이름 없는 VTuber 오타쿠
평범한 응원 스레드면 바로 묻히니까

5: 이름 없는 VTuber 오타쿠
요새 화력 왜 이렇게 세냐?

6: 이름 없는 VTuber 오타쿠
이 할배는 VTuber가 많이 퍼져서 기쁘구먼

7: 이름 없는 VTuber 오타쿠
〉〉6
할배 몇 살이냐ㅋ

8: 이름 없는 VTuber 오타쿠
〉〉6
아직 좀 딥한 씹덕 문화라는 인식이 강하긴 한데

9: 이름 없는 VTuber 오타쿠
육수들 적극적으로 받아들이는 기업이면 모를까, 똥통은
똥통이니까 ㄱㅊ ㅋㅋㅋ

10: 이름 없는 VTuber 오타쿠
〉〉9
ㄹㅇ ㅋㅋㅋㅋㅋㅋㅋㅋㅋ

11: 이름 없는 VTuber 오타쿠
유일무이한 정신 나간 사무소ㅋㅋ

12: 이름 없는 VTuber 오타쿠
그런 정신 나간 사무소의 2기생이 콜라보라…….

13: 이름 없는 VTuber 오타쿠

한 기수를 통째로 콜라보한 적이 지금까지 있었나?

14: 이름 없는 VTuber 오타쿠

>>13

있긴 있었는데 너무 단합이 안 돼서 프로그램으로 성립이
안 됨ㅋㅋ

15: 이름 없는 VTuber 오타쿠

사회자? 암튼 중재해 주는 사람이 없었잖아

16: 이름 없는 VTuber 오타쿠

다들 개성이 너무 셈ㅋㅋ

17: 이름 없는 VTuber 오타쿠

이번엔 하나요리 있으니까 괜찮겠지

18: 이름 없는 VTuber 오타쿠

>>17

그 하나요리가 문제인데요ㅋㅋ

19: 이름 없는 VTuber 오타쿠

걔 벌써 2명이나 꼬셨잖아

한 달도 안 지났는데ㅋㅋㅋㅋ

20: 이름 없는 VTuber 오타쿠
〉〉19
진짜 괴물 아니냐ㅋㅋ

21: 이름 없는 VTuber 오타쿠
역시 꽁냥꽁냥에 모든 것을 바친 여자다…… 마인드부터
다름

22: 이름 없는 VTuber 오타쿠
인생의 목표가 꽁냥꽁냥이잖아
덕분에 우리도 그쪽 수요가 잘 충족되고 있지만ㅋㅋㅋ

23: 이름 없는 VTuber 오타쿠
〉〉22
대신 우결충들이 퍼지고 있다고ㅋㅋ

24: 이름 없는 VTuber 오타쿠
난 하나×젠

25: 이름 없는 VTuber 오타쿠
난 하나×참치

26: 이름 없는 VTuber 오타쿠
〉〉24
〉〉25
하나×젠&참치 아니냐고……!

27: 이름 없는 VTuber 오타쿠
〉〉26
욕심 그득하구만ㅋㅋ

28: 이름 없는 VTuber 오타쿠
하렘 차릴 거 같은 건 사실이긴 해

29: 이름 없는 VTuber 오타쿠
걍 이제 전원 함락 가자
나도 어떻게 되는지 보고 싶다

30: 이름 없는 VTuber 오타쿠
〉〉29
ㄹㅇ ㅋㅋㅋ

31: 이름 없는 VTuber 오타쿠
이궈궈던

32: 이름 없는 VTuber 오타쿠
슬슬 시작 아님?

33: 이름 없는 VTuber 오타쿠
플레이타임이 **1시간**이나 되니까

34: 이름 없는 VTuber 오타쿠
두 개 띄워놓고 동시에 보는 사람 있음?
없으면 내가 중계 달림

35: 이름 없는 VTuber 오타쿠
〉〉34
ㄹㅇ?
수업 중이라 영상 못 보는데 중계 좀

36: 이름 없는 VTuber 오타쿠
〉〉35
수업 중에 여기다 글쓰지 마라ㅋㅋㅋ

37: 이름 없는 VTuber 오타쿠
깡 좋네

38: 35

난 학교에서 리얼 백합 보면서 VTuber 백합도 본다

39: 이름 없는 VTuber 오타쿠
〉〉38
??? 개부럽네

40: 이름 없는 VTuber 오타쿠
〉〉38
아직 시작까지 좀 남았는데
자세히 얘기 좀

41: 백합 커플 관찰자
그래
나 과묵한 미남 오타쿠인데

42: 이름 없는 VTuber 오타쿠
〉〉41
구라 자제 좀

43: 이름 없는 VTuber 오타쿠
자기 스펙 좀 지어내지 마라

44: 이름 없는 VTuber 오타쿠

현생 힘들다고 인터넷에서 이러는 건 좀
자기만 허무해진다

45: 이름 없는 VTuber 오타쿠
얘들아 그만 패라

46: 백합 커플 관찰자
아니, 믿는 건 자유니까 상관없는데
아무튼 학교 제일의 미소녀랑 평범한 여자애랑 백합이
있음

47: 이름 없는 VTuber 오타쿠
〉〉46
오

48: 이름 없는 VTuber 오타쿠
조합 괜찮은데?

49: 이름 없는 VTuber 오타쿠
ㅎ…… 반응 오네

50: 이름 없는 VTuber 오타쿠
그게 왜 백합임?

여자애들 원래 잘 붙어 있잖아

51: 백합 커플 관찰자
〉〉50
아니 들어봐
오히려 거리는 그렇게 안 가까워
스킨십도 거의 하는 거 못 봤고, 미소녀 쪽은 평범한 애를 성으로 부름
근데 진짜 서로 거리낌 없는 관계라는 느낌이라, 옆에서 보면 서로 신뢰하는 게 느껴져
솔직히 꽁냥대는 거랑 별로 차이가 없어ㅋㅋㅋ

52: 이름 없는 VTuber 오타쿠
〉〉51
이건 인정 협회가 인정한다

53: 이름 없는 VTuber 오타쿠
백합이네

54: 이름 없는 VTuber 오타쿠
친구 백합이라니 좋네
게다가 아직 자기 마음을 모른다는 전개구나

55: 백합 커플 관찰자
>>54
그거지
그래서 난 교실에서 백합 라노벨 읽으면서 관찰 중임
절대 사이에 안 끼도록!!!

56: 이름 없는 VTuber 오타쿠
>>55
이야 모범적 관찰자ㅋㅋㅋ

57: 이름 없는 VTuber 오타쿠
백합에 남자 난입은 용서 못 함

58: 이름 없는 VTuber 오타쿠
ㄹㅇ

그럼 나 눈팅할 테니까 중계 부탁해

59: 중계맨
ㅇㅋ 나한테 맡겨라

60: 이름 없는 VTuber 오타쿠
넌 공부 똑바로 해라ㅋㅋㅋ

61: 이름 없는 VTuber 오타쿠

오, 시작한다

──2기생 라디오!로 태어난 수많은 꽁냥꽁냥에, 게시판
은 엄청난 화력을 보였다.

9. 카와나이 에리코의 우울

side 카와나이 에리코

나는 어디에나 있는 평범한 여고생이다.

외모도 운동도 무엇 하나 빼어나지 않지만 그렇게 떨어지지도 않는다. 요새는 남자였으면 라노벨 주인공 아냐? 라고 생각하고 있다.

그런 나지만, 자랑할 수 있는 점이 딱 하나 있다.

──내 친구가 말도 안 되는 미소녀라는 것이다.

카와나이 에리코라는 어디에나 있을 법한 이름과는 달리, 친구의 이름은 유메미 렌게라는 엄청나게 자기주장 강한 이름.

흑발의 정통파 미소녀에 성격은 꽤 시원시원하다. 미용에도 건강에도 신경을 잘 쓰고, 웃는 얼굴은 무척 큐트하다.

시험은 항상 100점인 데다 박식. 그걸 자만하지는 않지만 너무 겸손해하지도 않는다. 그저 사실로서 받아들이고 신경 쓰지 않는 것이다.

그리고 거유다. 나는 한번 내 손으로 움켜쥐어 보고 싶다고 생각한다. 꿈(가슴)을. 어라, 뭔가 어감이 좋은걸······.

아무튼 그건 제쳐두고. 온 세상에 이 너무나 미소녀스러운 친구를 어필하고 싶네, 라고 매일 생각하고 있지만, 왜 나와 친구가 되어주었는지를 정말 모르겠다.

내 장점이라곤 조금 사고가 유머러스하다는 것뿐이잖아.

아무 쓸모도 없구만 진짜! 하고 자학할 수 있는 유일한 장점에 렌게가 꽂혔다……?! 설마 그럴 리가.

"내 얼굴에 뭐 묻었어?"

멍하니 렌게의 미소녀 페이스를 보고 있자니, 옆을 걷던 렌게가 목을 갸웃한다. 그 동작만으로 규동 한 그릇은 뚝딱 할 것 같다.

"아니이, 아무것도 아닌데 말이야. 렌게는 진짜 미소녀란 말이지. 트집도 못 잡을 정도로."

"하핫, 뭐야 그거. 내 얼굴에 트집 잡을 생각이었어?"

"역시 불가능했어!"

"뭐, 용모에는 자신 있으니까."

그렇게 딱 잘라 말할 수 있다는 점도 존경스럽다.

있는 그대로의 사실을 각색도 겸손도 없이 대답할 수 있는 점. 일본인의 관점에서 보면 잘난 척이냐! 하는 소릴 들을지도 모르지만, 나는 렌게의 거리낌 없는 부분을 좋아한다.

"아니, 이래 놓고 남친이 필요 없다는 소릴 하니까 대단해. 마음대로 고를 수 있을 텐데."

"아──, 그냥 흥미가 없거든."

"그렇겠지……."

"카와나이는 요새 어떤데? 연애 같은 거."

"나아?! 아니아니, 안 돼 안 돼. 좋아하는 사람도 없고, 있어도 애초에 사귈 수도 없고."

"그래? 꽤 인기 많은 타입이라고 생각하는데."

"어어……."

비꼬는 것도 아닌 꾸밈 없는 말이었다.

정말로 내가 인기 있을 거라 생각하고 있는 거겠지……. 아니, 무슨 착오였는지 고백을 받은 적은 중학교 때 있었지만.

연애 같은 건 잘 모르겠어서 거절해 버렸다.

"난 렌게랑 있는 게 제일 재밌어. 남자 같은 건 필요 없다고! 내 베프 미소녀 하나면 충분해."

아하하 웃으며 친구를 곁눈질하고 까불대는 나.

방금 말한 건 전부 본심이지만, 요새 나는 이런 완벽 미소녀와 친구로 있어도 되는 건가, 하는 의문을 항상 느낀다.

모든 것이 평범한 나와 달리, 렌게는 너무나도 눈부시다.

서민은 그 빛에 눈이 멀고, 다가가는 것조차 용서되지 않는다……. 그런 동화 같은 생각을 해버리곤 하는 거다.

하하하, 나답지 않구만!

"뭐, 카와나이에게 남자 친구가 생기면 내가 체크해야겠네. 목숨을 걸고 지킬 수 있는지 아닌지."

"체크가 너무 무겁잖아! 그런 각오로 연애하는 놈은 거의 없다고. 안 그래도 로맨스가 없다는 소릴 듣는데."

"난 카와나이를 위해서라면 죽을 수 있는데. 상황에 따라 다르겠지만."

"우앗, 아니, 무슨 말이야."

농담하지 말라는 말이 나가려다가 눈이 풀린 렌게를 보고 가라앉았다. 분위기를 타서 말한 것도 있겠지만, 완전히 거짓말은 아니라는 걸 알 수 있었다.

……친구의 사랑이 무거운 것 같은데? 내 자아도취인가? 기분 탓인가?

그러자, 훗 하고 표정을 푼 렌게가 내 머리칼을 건져 올리며 말했다.

"이 바보가 또 어울리니 뭐니 생각하고 있을 것 같았거든. 내 유일무이한 친구는 카와나이뿐이야."

유일무이한 친구라는 말을 듣고, 몸이 화악 뜨거워진다.

기쁨과 부끄러움, 엉키는 의문과 알 수 없는 마음.

그것들을 얼버무리듯이 작은 소리로 부정한다.

"그, 그래도 매력 같은 거 없잖아? 나."

"아하핫, 재밌는 소릴 하네. 카와나이는 귀엽고 상냥하고 배려심 있고 나를 편안하게 해줘. 별것 아닌 평소의 행동이 내게는 기쁨이야."

"읏, ㅇㅇ윽……ㅇㅇㅇㅇㅇㅇ."

"더 이야기하자면──."

"알았어! 알았으니까! 아무리 그래도 좀…… 민망해."

손으로 얼굴을 덮자, 손바닥에서 전해지는 체온이 무척

생생했다. 뜨거워. 대체 이 친구는 얼마나 미소녀에 멋있는 거야.

"어, 귀여워. 부끄러워? 카와나이, 부끄러워?"

"진짜, 그만해애……."

전언 철회!

좋아하지만 이렇게 장난치는 건 그만둬!!

자기 매력을 알면서 가장 적합한 행동을 취하다니, 너무 책사 같잖아. 뇌세포를 이런 데 쓰지 말라고, 정말.

──쿵!!

뭔가 근처에서 소리가 들렸지만, 어차피 어디서 백합 오타쿠가 환희의 비명을 지르고 있는 거겠지.

10. 흐물흐물 젠치 씨를 어리광 부리게 해주자 #센시티브

나는 반쯤 자취 생활을 하고 있다.

부모님이 돌아오시는 건 늘 내 생일과 오봉, 정월.

사랑받고 있다는 건 평소의 엄청난 하이텐션을 보면 알 수 있을 테니 괜찮지만, 문제는 그 부모님이 내 VTuber 활동까지 시청해 대고 있다는 거다.

"굉장해. 오랜만에 빡칠 것 같아."

부모님에게서 온 것은 내가 '전원 함락'이라고 외친 클립과 'ㅋㅋㅋ'이라는 메시지. 명백하게 바보 취급 하고 있다.

용서 못 해.

"······부모님 하니까 말인데, 젠치 씨는······. 아니, 너무 깊게 들어가면 안 되겠지."

요리 방송을 했을 때의 젠치 씨를 보면 대충 예상은 가능하다. 그렇기에 그 이상 캐고 드는 짓은 젠치 씨를 상처 입히고 말겠지.

그녀는 분명 사랑에 굶주려 있다. 쿨한 일면에 감춰진 본성은, 혼자가 되고 싶다는 마음과 누군가와 이야기하고 싶다는 상반된 감정이다.

"호호호······ 사랑에 굶주려 있다면 사랑해 주면 돼. 이 내가 말이지. 누군가의 대역이 아냐. 나는 나로서 젠치 씨를 사랑하겠어."

마음을 정했다면 행동에 옮겨야 한다.

요리 방송을 한 지 일주일 이상 지났다. 슬슬 쓸쓸해하고 있을 타이밍임이 틀림없다. 나는 알 수 있다.

그래, 남친 행세 맞다구. 직접 만난 건 2번뿐이지만.

―――――

하나요리『콜라보 하실래요?』

젠치『알았어. 시간 날 때 언제든지 와』

―――――

"대답 왜 이렇게 빨라. 그리고 시간 날 때 언제든지라니……."

으~음, 내일은 토요일이니까 가볼까.

아, 맞다.

―――――

하나요리『그럼 내일은 어떠세요?』

젠치『괜찮아』

하나요리『자고 가는 것도?』

젠치『?!?!?!』

―――――

"좋아, 괜찮다는 뜻이겠지. 아마."

나는 휴대폰의 전원을 확 껐다.

문자로도 감정을 나타낼 수 있게 되다니 이 하나요리는 감동했어요, 응.

점점 평범한 소녀처럼 귀엽게 변하는 건 내 입장에서도 베리 굿. 이제 그냥 육성 게임 아냐?

이상한 취향을 심고 있는 듯한 기분이 들긴 하는데.

시, 신경 쓰지 말고 가자.

* * *

"하나요리가…… 자러…… 와……??"

· 정줄 놨네ㅋㅋ

· 꽁냥꽁냥 과잉공급 주의보

· 손바닥 위에서 놀아나는 거 재밌고ㅋㅋ

· 이미 함락됐는데 몇 번 할 생각이냐고ㅋ

* * *

좋아.

나는 보스턴백과 더럽게 무거운 비닐봉투를 들고, 젠치 씨네 집 문을 열었다.

"안녕하세요——."

쓰레기는…… 별로 없다. 좋아.

젠치 씨는 늘 앉는 장소에 앉아 있었지만, 어딘가 안절부절못하는 분위기였다.

아─……그런 거구나아.

히죽 웃는 내 마음속에 가학심이 싹튼다.

"어라라, 젠치 씨. 그렇게 안절부절못하시다니, 제가 자러 온다고 너무 기대하신 것 아닌가요?"

"아, 아니……지는 않지만, 같이 자는 거 처음이라."

"하? 귀엽네."

· 하나요리 오자마자 인격 바뀌네

· 진짜 왜케 귀엽냐

· 꽁냥꽁냥

· 하나요리도 가볍게 반격당했네ㅋㅋㅋ

· 젠치 공격은 전부 무자각이라

볼을 붉히고 움찔움찔거리는 젠치 씨가 그저 사랑스러웠다. 상상 이상의 반응이다. 내성을 기르지 않았다면 내가 함락당했을 거라고, 위험해.

나는 우선 분위기를 바꾸기 위해 헛기침을 한다.

"크흠. 일단은…… 아니, 오늘 머리 묶었네요."

"응……. 저번에 하나요리가 묶어줬던 거 마음에 들어."

"오─, 그거 다행이에요."

젠치 씨의 아바타도 복숭아색의 장발이지만, 저번 요리 방송 때 일러레 씨가 머리를 묶은 젠치 씨를 그려줬다.

그래서 자유자재로 바꿀 수 있게 됐으니, 지금은 말 그대로 현실과 링크하고 있는 거다. 진짜 일 잘하네.

"오늘은 정말로 자고 가?"

"네, 오늘의 콘셉트는 특수하니까요."

"뭐 하는데? 하나요리의 기획, 뭐든 행복하게 해주니까 기대돼."

"그, 그런가요, 네."

포근하게 웃는 젠치 씨 때문에 나도 모르게 얼굴이 빨개진다.

어딘가 기시감이 느껴지는 대화지만, 몇 번을 해도 젠치 씨의 무자각 애교에는 익숙해질 수가 없을 것 같다. 젠장, 진 기분이야.

· 또 무자각으로 꼬시네ㅋㅋ

· 하나×젠은 서로 부끄러워하는 게 보이니까 미치겠다

· 꽁냥꽁냥 미쳤냐고

· 천국인가?

· 절대 안 낄 테니까 200m 앞에서 계속 보고 싶다

· ↑극혐인데 공감되네

· 얘기 안 해도 됨. 날 인식하지 않아도 됨. 그냥 보고 있고 싶다……

· ㅋㅋㅋㅋ

"다시 마음 다잡고! 오늘의 콘셉트는, 흐물흐물해지도록 젠치 씨를 예뻐해 주기! 밤부터 아침까지!"

"……?!"

"뭐든지 할게요. 집안일 전부. 젠치 씨의 요구에 완벽한 수준으로 응해 보이죠."

"뭐, 뭐든지……?"

"네, 뭐든지요."

뭘 상상하고 있는지는 잘 모르겠지만, 젠치 씨의 목이 꿀꺽 울리는 소리가 들렸다. 이성이었다면 야한 부탁이 나올 차례였겠지.

뭐, 젠치 씨는 절대 그럴 일 없겠지만.

・뭐든지……?!

・아니 하나요리 괜찮은 거임?

・요새 젠치가 하던 혼잣말 못 들었나 본데……?

・말 안 하는 게 나을듯ㅋㅋㅋ

・재밌겠네

요새 하던 혼잣말? 뭐 괜찮아.

어찌 됐든 이건 젠치 씨를 마구 사랑해 주기 계획의 제1단계로서, 부탁을 들어 주면서 내게 의지하도록 만드는 것.

젠치 씨는 또다시 얼굴을 붉히며 새하얀 장발을 만지작거리고 있다.

여전히 복장은 느슨한데, 조금 추워졌기 때문인지 기장이 긴 검은색 와이드팬츠에 무지 파카를 입고 있다.

위에서 내려다본 느낌으로는, 아마 속옷을 안 입고 있는 것 같다.

말도 안 돼. 야하잖아.

보지 않도록 주의하겠지만 유감스럽게도 너무 무방비하다.

……아──, 이거 그냥 참치 짱이랑 똑같잖아. 사춘기 원숭이처럼 되는 건 사양인데.

뭐? 참치 짱은 사춘기도 아닌데 원숭이라고? 농담이야 농담.

"아, 일단 점심 때니까 밥을 차릴게요. 원하시는 거 있으세요? 식재료도 꽤 많이 들고 와서 괜찮아요."

젠치 씨는 살짝 고민한 뒤에 대답했다.

"오므라이스 먹고 싶어."

"알겠습니다~. 잽싸게 만들어 버릴게요."

"나도 도울게."

흐흡, 하고 기합을 넣는 듯 팔을 걷어올리는 젠치 씨. 저번 요리 방송 이후로 때때로 요리를 하게 되어 자신감이 붙은 모양이다.

원격으로 내가 가르쳐 줄 때도 있었으니, 간단한 조리라면 안심하고 맡길 수 있다.

"알겠어요. 그럼, 달걀을 섞어 주실래요?"

"맡겨 줘."

"후훗, 그럼 시작할까요."

의욕이 넘치는 젠치 씨라는 상황이 생각보다 재미있어서, 귀여움에 웃음이 나오고 말았다.

· 뭐냐 이 신성한 영역은?

· 비집고 들어갈 (채팅할) 틈이 없어……!!

· 얘네 결혼함?? 부부 아님????

그런 아비규환(좋은 의미)의 채팅이 흘러가는 와중에, 위험한 순간도 있었으나 어찌어찌 오므라이스를 만들어 내는 데 성공했다. ……초반에 젠치 씨가 달걀 깨기에 실패해서 성대하게 주눅 들기도 했지만.

사소한 요령을 잡지 못하면 달걀 껍질을 예쁘게 깨기는 어렵다. 특히 조급하게 굴면 실패하기 쉽단 말이지.

나는 한 손으로 예쁘게 깰 수 있지만!

"됐어."

"오──. 프라이팬 사용이 능숙해지셨네요."

"응, 연습했어."

"기특해 기특해."

젠치 씨의 자르르한 머리카락을 쓰다듬는다.

간지러운 듯이 몸을 떨면서, 부끄러워하는 젠치 씨는 내가 봐도 행복 오라를 내뿜고 있었다. 심장이 떨리는데요.

· 크아악

· 꽁냥꽁냥

· 어휘력이 사라지고 있는데요

· 살려주세요

채팅창에도 시체가 겹겹이 쌓이고 있다. 그럴 만도 하지.

나처럼 꽁냥꽁냥 내성을 기르지 않았다면 즉사당한다. 젠치 씨는 공격력만 따지면 9999는 되니까 말이지.

방어력? 그건 종이급이다. 팔랑팔랑.

우리는 식탁으로 이동해 접시를 놓는다.

폭신하고 부드러운 계란이 올라간 치킨라이스. 황금빛으로 반짝이는 윤기 있는 계란은 노력의 증거다.

약간 감동을 느끼고 있자니, 젠치 씨가 머뭇머뭇 케첩을 건네며 말했다.

"그…… 정말 좋아해, 라고 케첩으로 써 줘……. 시, 싫으면 무리하지 않아도──."

"──당연히 써야죠!!"

낚아챌 기세로 케첩을 강탈한 나는 신중함을 마음에 새기며 오므라이스에 메시지를 쓴다.

이 어쩌나 귀여운 부탁이란 말인가. 내가 아니었으면 죽었어. 미쳤다구. 마음을 꽁냥꽁냥으로 도려내는 듯한 느낌이다.

쓸쓸함도 즐거움도 기쁨도, 모두 내게 공유해 줬으면 좋겠다. 슬픈 일이 있을 땐 내가 빈 자리를 채워주고 싶다.

그래── 이건 모성이다.

"정말, 좋, 아, 해……. 어때요?"

"고마워."

"앗──."

정화당했다.

젠치 씨의 예쁘장한 입술이 호를 그린다. 거기서 나온 말과 시너지를 일으켜 파괴력이 엄청나졌다.

· 와 정신이 확 드네

· 채팅 치는 시간도 아까웠다고……

· 꽁냥꽁냥!

· 이걸로 1년은 열심히 일할 수 있겠다

위험해 위험해.

오랜만에 넋 나간 오타쿠가 되어 버렸다. 나는 항상 여유롭고 냉정해야 하는데.

손가락을 빨며 행복을 음미하기보다. 손가락을 써서 행복을 거머쥐는 것이 나다. 눈앞에 극상의 만찬이 있는데 먹지(의미심장) 않는 건 말이 안 된다.

좋아. 이상한 소릴 하고 있었더니 진정됐다.

"그럼, 먹을까요."

웃는 얼굴로 젠치 씨를 바라본다.

그러자, 젠치 씨는 아까처럼 꼼지락꼼지락 소극적으로 뭔가를 말하려고 했다.

아, 안 좋은 예감이 드는데.

"그…… 먹여 줬으면 좋겠어."

"앗──으──큭, 견뎠다."

"왜 그래?"

"──견뎌내고 있었어요. 얼마든지 덤비세요."

내가 제안한 게 아니고, 젠치 씨 쪽에서 요청했다는 게 정말 꽁냥꽁냥의 극치잖아. 자신의 욕망에 저항하지 못하고 내게 의지했다니. 정말 영광스럽고 기쁜 일이라구.

나는 젠치 씨의 옆에 앉는다.

왠지 긴장한 듯한 젠치 씨의 머리를 쓰다듬으며 진정시키고, 나는 스푼에 치킨라이스를 담아 옮긴다.

"자, 아~앙."

"응. ……맛있어."

"둘이서 만들었으니까요."

"응."

"이번엔 저한테도 먹여 주실래요?"

"앗…… 아, 알았어."

장난스러운 웃음을 띤 나는 젠치 씨를 정면으로 바라보며 입을 벌린다. 눈을 감고 살짝 입을 벌리는 모양새가 키스를 기다리는 것만 같다.

젠치 씨도 그렇게 본 건지 얼굴이 붉다.

스푼을 들어 올리는 젠치 씨의 손이 부들부들 떨려서, 옆에서 봐도 긴장하고 있는 게 뻔했다. 심지어 처음 위치에서 전혀 움직이지 않고 있다.

나는 떨기만 하고 앞으로 나오지 못하는 스푼을 스스로 덥석 문다.

"아앙."

"……웃."

"잘 먹었습니다♪"

"아으."

할짝 입술을 핥자, 그 동작만으로 젠치 씨는 얼굴을 새빨갛게 물들인다. 빨간 눈동자와 똑같은 수준으로 붉어진 것 아닌가 싶은 볼이 열을 머금고 있다.

너무 쉬운 거 아냐? 내 행동엔 일부러 하는 것도 있고 무의식적으로 하는 것도 있지만, 결국 젠치 씨는 전부 얼굴이 빨개지는 것 같다.

· 더러운 마음이 정화됐다

· 전 인류가 봐야 함

· 미쳤다이게꽁냥꽁냥이냐ㅋㅋㅋㅋㅋㅋㅋㅋㄹㅇㅋㅋㅋㅋ
ㅋㅋ이런 게 보고 싶었다고

· ↑ㄹㅇ 찐이네 이놈은ㅋㅋ

· 이만큼 흐물흐물 녹이는 공간은 본 적이 없어요

· 젠치가 바닥까지 함락되고 있어…….

· 하나요리가 말하면 다 들을 듯

· ㄹㅇ ㅋㅋ

아니, 딱히 그런 건 바라지 않는데 말이지…….

젠치 씨가 행복해진다면 나는 만족이라구. 함락은 벌써 됐고.

그 뒤, 우리는 한동안 서로 말없이 먹여주기를 반복했다.

젠치 씨는 배도 마음도 만족한 모양이라, 므흣——하게 배를 쓰다듬으며 나를 멍하니 보고 있었다.

"왜 그러세요?"

"아니야, 즐거워서."

"……저도 즐거워요. 이렇게 누군가와 만들어 가는 '즐거움'이요."

"하나요리니까. 나를 봐준 하나요리니까 기뻐."

"그렇구나…… 그럼, 귀 파기 ASMR할게요."

"왜……?! 문맥이 안 이어져……."

"자잘한 건 신경 쓰지 마세요."

"너무 갑작스러워서 신경 쓰일 수밖에 없어."

· 아니ㅋㅋ

· 이 흐름은 뭐죠?

· 갑자기 뭐냐고ㅋㅋ

· 단숨에 개그로 노선 틀기

· 귀 파기 ASMR 이러네

에잇, 뭐 어때. 진지한 분위기가 너무 길어지는 건 힘들다고. 강제로 분위기를 바꾼다. 이것이야말로 나의 특기!

"이~얏!"

"우와와."

멍하니 있는 젠치 씨를 공주님 안기로 소파까지 옮긴다.

그대로 내 허벅지로 IN. 이것이야말로 필살, 포동포동 무릎베개다.

그리고 주머니에서 꺼낸 것은 LED 라이트 포함 귀 파기 전용 도구. 가격 15,000엔!

"잠깐, 부끄러워."

"괜찮아요. 익숙해지면 별것 아니에요. ……익숙해지실

때까지 놀아 주셔야겠지만요."

"응? 뭐라고 했어?"

"아뇨, 아무 말도 안 했어요."

· 어허ㅋㅋ

· 마이크에 직접 들어오니까 속삭여도 다 들린다고ㅋㅋ

· 놀아 주셔야겠다니ㅋㅋ

· 꽁냥꽁냥이 느껴지네요

나는 신중하게 귀이개를 움직인다.

귀는 인체에서도 섬세한 부위인 데다, 젠치 씨는 귀가 다른 사람보다 훨씬 민감하니 세심한 주의를 기울여야 한다. 세세한 조작은 특기라서 자신은 있지만.

"으응."

"우앗, 민감하네."

귀 안으로 들어가자 젠치 씨는 바로 교성을 뱉는다. 정말로 연약하다. 볼도 귀도 빨간 게 어찌나 알기 쉬운지.

"자, 그럼 팔게요~. 간질간질~…… 후우——."

"아으, 안 돼, 앗, 으으으읏~!"

"참아 주세요~ 이얍이얍이얍."

"우우, 심술궂어어."

"야해."

교성을 섞으며 눈물 맺힌 눈으로 나를 보는 젠치 씨. 자제해서 말해도 민감해 보여서, 나는 나도 모르게 본심을 뱉었다.

· 속마음 다 흘러나오시는데요?

· 야하긴 해

· 꽁냥꽁냥 미쳤어ㅋㅋㅋ

· 이 대화 뭐임? 신이냐???

이 이상 했다가 밴 먹으면 큰일이다, 싶어 진심으로 귀 파기를 수행했다.

양쪽 귀가 다 끝났을 무렵에는, 흐느적 힘 없이 내 무릎 베개를 만끽하는 젠치 씨가 있었다.

"너무해."

"젠치 씨가 너무 귀여운 게 잘못이에요."

"부조리해……."

"세상은 원래 부조리투성이예요. 그거랑 같은 이치죠."

"절대 아닐 거라 생각해."

"사소한 걸 신경 쓰면 지는 거라고요!"

"하나요리가 그 말을 할 땐 사소한 게 아니야."

· 잘 알고 계시네요ㅋㅋ

· 젠치가 태클 거는 포지션 된 거 웃기네ㅋㅋ

· 이것도 나름 꽁냥꽁냥인 듯

· 좋다

· ㅋㅋㅋㅋ

으으윽, 나를 아주 잘 이해하고 있어……!

그래도 뭐, 내 능수능란한 변명은 아직 많으니까 문제없다. 속여넘기는 건 특기니까 말이지. 어라, 내 특기 너무 악

랄한 거 아냐??

　그런 대화를 나누기를 몇 시간──그동안 젠치 씨는 계속 무릎베개를 베고 있었다──슬슬 밤이 내려앉기 시작했다.

"그럼, 저녁밥이라도 만들까요."

"카레 먹고 싶어."

"네, 맡겨 주세요."

"나도──."

"젠치 씨, 도와주실래요?"

"응……!"

　　　　　　＊ ＊ ＊

카레를 먹고 배가 차니 밤이 늦은 것도 있어 졸음이 왔다.

"같이 목욕하실래요?"

"아, 아무리 그래도 안 돼. 부끄러우니까."

"저도 자신을 억제할 수 없을 것 같으니 오늘은 참아드릴게요."

"오늘은……?"

· 뭐 하려는 건데 하나요리ㅋㅋ

· 욕실 들어가면 아무것도 안 들리니까 프라이버시는 보장됨

· 보이지 않기에 상상할 수 있는 뭔가가 있다

・ㅇㅈ ㅋㅋㅋ

"나 참…… 시청자 제군은 이상한 상상만 하는구나…….
그런 건 조금밖에 생각 안 했는데."

"이상한 상상?"

"순수한 젠치 씨랑은 상관없으니까 괜찮아요."

・순수한 젠치한테 이것저것 주입하신 분이 누구시죠

・조금은 생각한 거 맞잖아ㅋㅋㅋ

・젠치 도망쳐

・더 해줘라 하나요리

・↑서로 반대인 거 웃기네

"그럼 먼저 들어갈게요."

"알았어."

＊ ＊ ＊

"하나요리가 쓴 욕조 물……."

・망했네 하나요리한테 침식당했다ㅋㅋㅋㅋ

・발상이 위험해졌는데요ㅋㅋㅋㅋ

・하나요리보다 변태일 수도ㅋㅋ

＊ ＊ ＊

우리 둘 다 목욕을 마쳤다.

젠치 씨네 집 욕실은 욕실이라기보단 대욕탕이라, 온천을 좋아하는 내게는 만족도가 매우 높았다. 부럽네.

지금은 서로 후끈후끈해진 상태.

나는 핑크색의 지극히 일반적인 파자마를 입었다. 여자애다운 분위기를 전면에 내세움과 동시에, 맨 위 단추를 풀어서 색기도 풍기고 있다.

지금도 약간 시선을 느끼는 중이다.

"젠치 씨, 너무 보는데요."

"웃, 아, 안 봤어. 기분 탓."

"후후."

"우으."

다 알고 있다고요, 라고 말하듯 미소 짓자 젠치 씨는 부끄러운 듯 고개를 숙이고 말았다.

……나도 남 말 할 처지가 아닐 정도로 젠치 씨를 보게 될 것 같지만 말이야.

하얀 네글리제 한 벌을 걸친 젠치 씨는, 앳된 몸을 하고 있으면서도 하얀 피부와 윤기 넘치는 머리카락에서 나보다 더한 색기를 내는 중이다. 참기 힘들다.

귀여움과 함께 쌓아온 연령에서 나오는 색기.

풋풋함 속에 있는 어른의 분위기.

젠치 씨의 매력은 그 외에도 잔뜩 있다.

저번에 안 거지만 젠치 씨는 20살인 듯하다.

모든 게 귀여워서 토할 뻔했다.

한없이 순진무구하면서 사랑스럽고 연약하다.

그런데도 자기 의사는 확실해서, 결코 무지하지 않다. 악감정에는 민감하겠지.

지키고 싶다. 그 미소를.

이런, 또 과몰입할 뻔했다.

"그럼, 슬슬 잘까요?"

"지, 진짜 같이 자?"

"당연하죠. 싫으세요?"

"아니, 싫지 않아. 하지만 같이 자줄 거라면…… 껴안는 베개가 되어줘."

"엣, 조, 좋죠."

껴안는 베개?

괜찮나? 내 몸과 정신이 버틸까?

"하나요리랑 붙어 있으면 안심되니까. 기분 좋게 잘 수 있을 것 같아."

"아하하, 저를 수면용품으로 쓰시려는 거예요?"

"그럴지도."

"그 말은 좀 그냥 넘길 수가 없네요. 그럼 젠치 씨는 껴안는 베개가 아닌 껴안기는 베개가 되어주셔야 겠어요."

"어, 앗."

다시 한번 공주님 안기 상태로 나와 젠치 씨는 침실을 향했다.

별로 쓰지는 않는 것 같지만, 거기에는 천장이 달린 침대가 두둥 놓여 있다. 하얀 레이스가 쳐진 침대의 입구를 열고, 나는 젠치 씨를 부드럽게 안은 채 눕는다.

역시 거리가 가깝다.

서로 바라보며 피부와 피부를 밀착시킨 상태. 작은 몸에서 전해지는 체온과 허리 부근에서 느껴지는 약간의 언덕이 두드러진다.

흠, 안 됐구나 시청자들이여. 이미 마이크는 빼두고 있다. 자고 있을 때는 무방비해지기에 그냥 넘어갈 수 없다.

지금은 잠시 나 혼자서 젠치 씨를 독점해야지.

"하, 하나요리. 가까워."

"껴안고 있으니까 당연히 가깝겠죠?"

"이대로 자는 거야……?"

"네, 당연하죠."

"……거대 찌찌에 질식할 거 같아."

"단어 선정 좀……!"

"하지만 부드럽고 기분 좋아."

"너무 움직이시면 엉덩이 주무를 거예요."

"딱히 그 정도라면…….."

"그런 말은 함부로 하지 않으시는 게 좋을 것 같은데요 오~?"

"히익, 진짜 만지는 거야……?"

· 얘 젠치 쪽 마이크는 켜져 있는 거 모르나 본데……

· 몇 번을 저질러야 정신 차리는 거야

· 이젠 뭔가 꽁냥꽁냥을 초월한 듯
· 채팅창 지금은 또 제정신이라 웃기네ㅋㅋㅋ

"——Oh……."

다음 날 아침, 젠치 씨의 마이크가 꺼져 있지 않았다는 걸 눈치채고 자연스럽게 눈이 뒤집혔다. 어찌저찌 이런 해프닝에도 익숙해지고 있지만—— 아니, 익숙해지면 안 된다고.

* * *

젠치 씨 마이크 안 끄고 자기 사건으로부터 이틀이 지났다.

어째서인지 내 구독자 수가 치솟았지만 신경 쓰지 않기로 했다. 아니, 못 하겠다. 신경 쓰인다.

지금 내 채널 구독자 수는 36만 명. 뭐가 어떻게 돼야 이런 일이 생기는지 이해하기 힘들지만, 뭐 콜라보 덕이겠거니 생각하고 있다.

참치 짱과 클래 짱도 각각 18만 명, 11만 명으로 크게 숫자가 붙었기에 나는 기쁘다. 여명기가 지났다고는 해도, 아직 발전이 다 되지 않은 이 VTuber 업계에서 이만큼 숫자를 불리기는 쉬운 일이 아니다.

그렇게 생각하면 역시 젠치 씨는 괴물이구나.

"200만 명이라니 절대 도달 못 할 것 같은데 말이지. 그

건 무리. 방송 빈도도 그렇게 안 높고."

현실 쪽이 안정되면 빈도를 늘리는 것도 괜찮을 것 같긴 한데 말이지~. 공부니 교우 관계니 챙기다 보니 상당한 일수가 소비되어 버린다.

공부는 대학 쪽 범위까지 이수해 둬서 복습만 할 뿐이지만.

"솔로 방송에선 30만 명 돌파 축하를 하기로 하고……. 슈퍼 챗도 해금됐으니 열심히 해야지."

현재 나는 인터넷에서 이른바 에고 서핑이라는 걸 하고 있다. 자신의 평판이란 어쩔 수 없이 신경이 쓰여 버리는 거라구.

모 게시판에선 절찬, 재미있었다는 댓글이 많다.

『빨리 전부 함락시켰으면』

『ㄹㅇ 너무 감질 나』

『이틀 전에 야한 분위기도 잡혔던 모양인데ㅋㅋㅋ』

『그건 진짜 최고였다』

등등.

수요와 공급이 딱 맞게 돌아가는 것 같아서 나는 안심한다. 시청자의 니즈가 꽁냥꽁냥일 거라 분석하고 어필했던 건 아니지만, 그 니즈가 내 꿈인 꽁냥꽁냥과 딱 맞아떨어지는 듯하다. 어제 급증한 구독자 수가 그 증거라고 생각한다.

"호호호~. 말 안 해도 함락시킬 거야. 철저하게 말이지."

이쯤에서 내게 '함락'이란 무엇인가.

그걸 재확인하고 넘어가자.

'함락시킨다'. 그 의미는 단순히 상대를 꼬신다는 게 아니다.

나를 신뢰하게 하고, 몸도 마음도 만족시킨 상태로 세상에 색을 입혀준다. 나를 기점으로 행복과 기쁨을 누리게 한다.

이것이야말로 함락의 의미다.

그리고, 꽁냥꽁냥.

전자 2할. 후자 8할이네.

"……응응, 콜라보는 만족스럽지만 솔로 방송이 뭔가 부족한 것 같네. 좀 더 기획을 세워 볼까나. 그냥 잡담만 해선 질려버릴 테니까."

적당히 의견을 수집한 나는 메모장에 앞으로의 전망을 기록한다.

나는 내가 하고 싶은 일을 전력으로 수행할 생각이지만, 그렇다고 시청자를 건성으로 대할 수는 없다. 나라는 존재는 나를 봐주는 시청자가 있기에 성립하는 것이다.

충동적으로 일을 진행하는 경우도 많지만 기본적으로 나는 계획파다.

계획을 세워서 실행하는 건 특기라고. 각본대로 행동하는 거라든가. 물론, 나름대로 궁리해서 예정보다 더 좋은 결과를 만들곤 한다.

"어디어디~⋯⋯응? 으으응? 아?"

나도 모르게 낮은 목소리가 나왔다.

『클래시인가 뭔가는 인기 많은 애한테 빌붙어서 꿀 빨고 있네』

『별로 재미도 없는데 콜라보로 구독자 늘리는 여자ㅋㅋ』

『마왕인가 뭔가 치는 게 다 아님?』

『그것도 사실 프로가 치는 거 재생시켜 둔 거 아니냐ㅋㅋㅋ』

『가능성 있다ㅋㅋ』

안티 스레드도 아닌 응원 스레드에 이런 안티성 댓글이 늘어나고 있었다. 죽었다 깨도 팬이라곤 부를 수 없는 놈들.

나는 클래시라는 위대한 VTuber가, 지금까지 어느 정도의 노력을 쌓아 왔는지를 안다.

VTuber, 그리고 방송인은 많이 노출될수록 비판도 많이 온다는 것을 이해하고 있다. 그건 어쩔 수 없다는 것도.

무슨 짓을 해도 피할 수 없는 일이고, 단순한 막말이면 몰라도 생각은 사람마다 다른 거니까.

하지만 프로의 연주를 그냥 재생하고 있다, 라는 댓글만큼은 넘어갈 수가 없다.

분노에 이를 꽉 깨문다.

끽, 하고 이 가는 소리가 난다.

"⋯⋯웃, 안 되지. 내가 화내서 뭐 해. 인기인은 원래 악평을 달고 다니는 거야. 응원하는 말도 있잖아."

……그렇지만, 흐름이 좋지 않다.

어렴풋한 불씨가 퍼지고 있다. 그것은 점차 만연하다가 때때로 폭발한다. 그것이 화재다. 의심에서 시작되는 소문은 과장을 거치며 전파된다.

──음악계 VTuber, 클래시.

아바타는 긴 금발에 물색의 눈동자.

얼음 무늬가 들어간 드레스를 걸친, 귀엽다기보단 아름답다는 말이 어울리는 스타일 발군의 미녀다.

그녀는 전생에 채널 구독자 347만 명을 넘은 엄청난 대인기 VTuber다.

물론 데뷔 후 10년 뒤의 이야기지만, 장차 클래 짱은 젠치 씨마저 뛰어넘는 인기를 자랑할 것이 확정되어 있다.

하지만……!

"속상해. ……아니, 분해. 꼭 전생 때가 아니라도, 지금의 클래 짱에게도 매력이 잔뜩 있어. 큰 소리로 말할 수도 있는데."

하지만…… 음…… 왜 클래 짱은 실력을 감추는 걸까.

희대의 가희.

그녀의 실력은 고작 1년 만에 넘은 구독자 100만이라는 숫자를 보면 명백하다.

초기에 방송을 안 봐서, 대체 그녀가 언제 노래를 시작했는지도 잘 모르겠지만.

어렴풋한 불씨가 싹트기 전에, 나는 결의했다.

"응, 함락시키자. 전자 2할의 이유로."

11. 클래 짱과 데이트하자!

쇠뿔도 단김에 빼라는 말이 있다.

좋다고 생각한 일은 주저 없이 해라, 라는 의미. 하지만 그 '좋다'가 나에게는 좋을 수 있지만, 상대에게도 꼭 '좋다'고는 할 수 없다.

즉, 직구로 본론에 들어가는 건 꼭 좋은 일은 아니라는 거다.

애초에 만난 지 얼마 되지도 않은 내가 클래 짱의 마음의 응어리를 풀어낼 수는 없다. 그런 과도한 자신감은 나한테 없다.

젠치 씨와 참치 짱에겐 명확한 약점이 있었으니 바로 함락시켰지만. 좀 예외란 말이지~, 그 둘은.

"뭐, 이러니저러니 말만 많은 것보단 행동하는 게 낫다는 건 확실하지. 그러니까 클래 짱과 친목을 다지자."

평소처럼 혼잣말을 중얼거리면서 휴대폰을 조작하는 나. 방송인으로서의 버릇인지 혼잣말이 는단 말이지이⋯⋯. 말하는 요령도 잡을 수 있게 되고 나쁜 건 아니지만, 남들에겐 위험한 녀석으로 보여서 문제다.

———

하나요리 『데이트 안 할래?!?!』

클래시『어어……?』

하나요리『사실 그냥 안내야. 지리에 어두우면 위험할 것 같으니까』

클래시『그렇게 말하니 어쩔 수 없네……. 알겠어』

하나요리『오오, 내일 9시에 그럼 파치코* 앞에서 어때?』

클래시『좋아. 거기까진 헤매진 않고 갈 수 있어.』

———

자신만만하게 말하는데, 시부야역에서 엎어지면 닿는 곳이니까 괜찮겠지?

클래 짱이 살고 있는 곳은 시부야인 듯하니 딱 좋다. 나는 환승할 필요가 있지만 딱히 길치가 아니니까.

"좋아좋아. 충묘(猫) 파치코라면 헤맬 일 없다. 네. 이상한 지식이 늘었어."

유명한 곳은 사람이 많을 테니 가도 즐길 수 없겠지? 평범한 장소로 가볼까나.

이제 계획을 잘 진행할 수 있을지가 문제긴 한데…… 이것만큼은 해보기 전엔 알 수가 없다.

"좋았어, 열심히 꾸며 보자고."

* * *

---

*도쿄 시부야의 대표적인 약속 장소. 충견 하치코 동상의 패러디.

나는 지금, 파치코 앞에서 클래 짱을 기다리고 있다.

힐끔 시계를 보니 약속 시간 약 10분 전.

약속을 잡으면 꼭 헌팅을 당하지만, 이렇게 사랑에 빠진 소녀 같은 표정으로 기다리고 있으면 대부분 눈치를 채고 그만둔다. 연기파의 유용한 테크닉이라구.

……물론 진심으로 다가오는 사람도 가~끔 있으니까. 조금이지만 거절할 때 양심이 아프다. 미안해, 남자에겐 두근거림이 느껴지지 않는다고……. 여자가 되어서 다시 와 줘.

"슬슬 시간인데에."

오늘의 복장은 흑×백의 왕도적 모노톤 코디.

옷걸이가 좋으면 심플한 코디도 잘 어울리니까 참 좋다.

하의는 센터에 슬릿이 들어간 청바지. 부드럽고 가볍게 입을 수 있는 타입으로, 하이웨이스트인 점이 포인트다.

상의는 산뜻한 검은색 블라우스.

계절은 가을이고, 춥기는 춥지만 충분히 참을 수 있는 범위니까 문제없음!

미니스커트를 입은 사람도 잔뜩 있으니까. 저 사람들은 겨울이라도 신경 안 쓸 거야. 멋을 위해서라면 온도는 신경 쓰지 않는 것이다. 너무 힘주는 거 아냐, 라고 전생에선 생각했지만 지금 와서 보면 '뭐, 이해되네' 싶다.

"미안해, 기다렸니?"

"방금 막 온 참이야――홋."

"그 뭔지 모를 당당한 얼굴은 뭐람."

"정석적인 대답에 성공한 당당한 얼굴이야."

약간 빠른 걸음으로 합류한 클래 짱은, 방금 나눈 대화에 고개를 갸웃했다. 아무래도 러브코미디의 정석은 잘 모르는 모양이다.

그런 대화는 차치하고, 나는 클래 짱을 위부터 아래까지 빤히 바라봤다.

멀리서 봤을 땐 또 드레스인가 싶었는데, 이번엔 몸의 선이 잘 드러나지 않는 붉은 원피스였다. 자수가 들어간 세심한 장식을 보면 고가품으로밖에 안 보인다.

좋은 집 출신이려나? 아니면 VTuber 말고 다른 걸로 잔뜩 벌고 있다든가.

"뭔가 이상한 거라도 묻어 있니?"

"아니, 아무것도 아냐. 오늘도 귀엽네."

"너야말로. 그 코디 잘 어울려."

"응. 그치."

과도한 겸손은 밉상을 만든다는 과거의 경험이 있어서, 나는 사실을 사실 그대로만 받아들이기로 하고 있다. 상황에 따라 다르지만 특히 자신에 대한 건 인정한다.

그렇다고 틈만 나면 자기 이야기를 하는 건 아니라고.

클래 짱은 내 반응에 딱히 신경 쓰지 않는 것 같았다. 인사를 마친 우리는 걷기 시작했다.

"역시 여기는 사람이 많네……."

"뭐, 약속 장소 중에선 성지 같은 곳이니까. 경험치도 좀 쌓을 수 있는 거 아냐?"

"토할 것 같아."

"글렀잖아."

우욱, 하는 소리를 내며 얼굴이 새파래진 클래 짱은 정말로 토할 것만 같았다. 억지로 적응시키는 건 성질에 맞지 않나 보네. 다음부턴 자제하도록 하자.

"오늘은 어디로 가는 거니? 너무 사람이 많은 곳은 사양이야."

"괜찮아! 확실히 사람은 많지만 음식점이니까."

"음식점?"

"응. 저번에 맛있다고 화제였던 카페를 찾아냈거든. 열심히 쇼핑하다가 점심쯤 되면 거기로 가자."

"알겠어. 전에 하나요리 씨의 추천으로 카페에 갔을 때도 커피가 맛있었으니까. 가게 선정은 맡길게."

"응, 맡겨줘~. 정보 수집은 빠뜨리지 않는단 말이지."

살짝 미소를 띠고 말하는 클래 짱. 살짝 매서운 치켜뜬 눈과 상냥해 보이는 미소 사이에 갭이 있었다. 이것도 클래 짱의 매력 중 하나라고 생각한다.

적어도 나는 확 꽂혔다.

"그러고 보니 고등학생이랬니? 그래서 유행에 민감한 거구나."

"고등학생이라고 다 유행에 빠삭한 건 아닌데."

"그렇구나. 내 학생 시절처럼 말이지."

"그 자학은 반응하기가 힘든데!"

"농담이야."

잠시 진지해졌던 클래 짱의 표정은 참 생생했다.

……아마 사실인 거겠지. 응, 뭐…… 여러모로 고생한 것 같긴 해.

나는 미묘한 분위기를 깨고자 방긋 웃으며 클래 짱의 손을 잡는다.

"자, 가자! 떨어지지 않게, 손 잡아줄게."

"……윽, 그럴 나이는 아니지만…… 나쁘지는 않네."

볼을 살짝 붉힌 클래 짱은 명백히 부끄러워하고 있었다. 효과가 있었네.

부끄러워하는 클래 짱도 확실히 귀엽네요, 응.

"앗, 클래 짱도 나한테 빠진 건가……?"

"쓸데없는 소릴 하면 손을 놓을 거야."

"손을 놓으면 곤란해지는 건 클래 짱 아냐?"

"……."

마지못해서라는 듯 입을 닫은 클래 짱은 내게 이끌려 걸음을 옮긴다. 기분이 나쁘다는 건 아니고, 단순히 부끄러운 모양이다.

"흐흥흐흐—흥♪"

적당히 콧노래를 부르며 걷고 있는데, 클래 짱이 옆에서 나직이 중얼거렸다.

"나랑 있어도 즐거운 거니."

불안. 회의. 적어도 좋은 감정은 아니다.

나는 클래 짱의 손을 꼭 쥐고 귓가에 속삭인다.

"즐거워. 불안해하지 말고 날 따라와."

"⋯⋯읏, 아, 알았으니까 귀에다 대고 얘기하지 말아줄래. 심장에 해로워."

오랜만의 보이스 체인지 in 1/f.

사람을 진정시키는 데는 이게 제일 좋다. 뭘 불안해하고 있는 건지, 클래 짱이 뭘 끌어안고 있는지는 알 도리가 없다.

하지만, 나와 함께 있는 순간만이라도 안심해 줬으면 좋겠다.

그것은 의심할 여지 없는, 연기가 아닌 나의 본심이다.

──그 뒤 우리는 손을 잡고 데이트를 즐겼다.

처음엔 손을 잡는 데 저항감을 느끼던 클래 짱도, 시간이 지나면서 익숙해진 건지 아니면 포기한 건지 신경 쓰지 않고 즐겼다.

클래 짱은 아무래도 원피스나 드레스 같은 옷밖에 가지고 있지 않은 모양이라, 그걸 알게 된 내가 옷 가게로 직행. 클래 짱의 패션쇼를 마친 후 몇 벌을 샀다. 참고로 카드로 일시불.

그 후 목적지인 식당에 도착해 지금에 이른다.

"꽤나 잘 꾸며 뒀네."

가게 안을 둘러본 클래 짱이 감탄한 듯 말했다.

"그치. 게다가 피크 타임을 피해서 와서 사람도 별로 없으니까 차분하지이."

"분명 팬케이크가 유명하다고 했지. 그래서 오전 중엔 별로 붐비지 않는 거네."

"노노. 안일하네, 클래 짱. 팬케이크는 훌륭한 점심 식사야. 이 가게는 3시 전엔 팬케이크를 안 하니까 사람이 없는 거라구."

"어…… 그런 당분 덩어리를 식사 삼는 거니……?"

약간 깬 듯한 클래 짱은 요즘 시대에 따라가지 못한 것 같다. 물론 나도 점심부터 팬케이크는 좀 힘들긴 하다. 무조건 속 쓰릴 테고, 시각적으로도 너무 달다.

뭐, 팬케이크라고 해도 전부 차가운 과일이랑 크림을 올린 건 아니지. 평범하게 식사 삼을 수 있는 것도 많다.

"팬케이크도 맛있지만, 여기의 추천 메뉴는 그라탱이야. 사실 여긴 카페라기보단 찻집이지만, 점장이 꼭 카페를 하고 싶어서 카페라고 부르고 있나 봐."

"일부러 그걸 위해서 음식점 영업 허가를 받은 걸까…… 상당한 집념이네*."

"그치~. 그 덕에 맛있는 메뉴가 잔뜩 있으니까 좋지만."

*일본에서는 대체로 고풍스러운 분위기/세련된 분위기로 찻집(喫茶店)/카페를 구분한다. 음식점 영업 허가는 찻집 영업 허가와 달리 더 다양한 요리를 취급할 수 있으며, 본래 카페 영업에 필요한 허가다.

"그러네. 점장의 고집에 뭐라 따질 필요는 없겠네."

그런 이야기를 나누며 그라탱을 주문한다.

점장은 수염이 어울리는 나이스 댄디 중년.

행동과 외모의 갭이 매력적이네.

* * *

"맛있었어어~."

"예상보다 더 괜찮았네. ……다음부턴 혼자서도 올 수 있으려나."

"아하하, 마음에 들어 해서 다행이야. 길을 잃으면 또 불러줘도 괜찮고, 전화하면 길 안내라도 해줄게."

"그래…… 부탁할게."

"오케이~."

남에게 의지하기를 꺼리던 클래 짱이 솔직하게 의지할 줄이야. 나를 신뢰……한다기보다는, 단순히 그 가게가 맘에 들었던 것 같네. 아쉽다.

조금 복잡한 곳에 위치하고 있으니 안내할 기회도 분명 오겠지. 이렇게 접점을 늘려가는 것이 나의 노림수……!

어라? 나 천재 아냐???

아니, 한번 자만해 봤다.

둘이서 빵빵해진 배를 쓰다듬는데, 클래 짱이 나를 곁눈질로 슬쩍 본다.

다음은 어떻게 할 거냐, 라고 묻는 듯한 시선이다.

……나는 살짝 숨을 삼키고, 드디어 오늘의 목적을 달성하기 위해 의심받지 않을 만한 미소로 말을 걸었다.

"다음은…… 멀리 갈 시간도 없으니까 노래방 가자."

──그리고, 반응은 극적이었다.

클래 짱은 얼굴이 싸악 새파랗게 변해서 고개를 숙인다.

조금씩 떨리는 어깨는 거절 반응의 증거. 아무리 봐도 정상은 아니다.

그걸 깨달은 나는 당황해서 덧붙인다.

"맞아맞아, 사실은 악기를 가져왔거든. 가르쳐 줬으면 좋겠어."

"악기……?"

어깨를 움찔 떨며, 클래 짱은 내가 꺼낸 피콜로 플루트를 봤다.

숨을 뱉으며 떨림을 진정시킨 클래 짱이 힘없는 목소리로 말했다.

"알겠어. 악기라면 내 특기 분야야."

"후후, 알고 있어. 몰랐으면 부탁도 안 했다구."

생각보다 노래에 대한 클래 짱의 거절이 크다는 사실에 의문을 느꼈다. 나는 겉으로는 웃으면서도, 굳으려는 표정을 감추고 걸음을 옮겼다.

역시 그렇게 쉽게 굴러가진 않네…….

＊ ＊ ＊

"그러고 보니 노래방에 온 건 처음일지도 몰라."

"어머, 그러니? 익숙한 것 같았는데."

"노래할 땐 거의 원래 목소리가 나와 버려서, 들킬 가능성이 있거든."

"아, 그런 거구나."

전생엔 그야말로 몇백 번은 갔을 정도로 노래하는 걸 좋아했지만, 이쪽 세상에선 VTuber가 되려면 모든 일에 신경을 써야 했기에 되도록 노래방은 피했다.

보이스 트레이닝을 받고 전문가에게 노래하는 법도 배웠는데, 가장 잘 불러지는 건 원래 목소리에서 나오는 노래인 모양이었다. 이미 형태는 잡혀 있으니까 세세한 부분만 고치면 괜찮을 거라나.

내가 보기엔 의문투성이었지만.

그 후, 프로가 그렇게 말했으니 어쩔 수 없다는 마음으로 실제로 녹음한 목소리를 들었더니 이해가 됐다.

물론 목소리를 바꾼 상태로도 노래할 수는 있다.

"나도 웬만한 악기라면 연주할 수 있지만, 피콜로는 못 불겠단 말이지."

"피리 쪽이 서툰 거니?"

"그럴지도. ……그래도 콘서트 플루트는 불 수 있어."

"왜일까…… 그래, 사이즈가 문제일지도. 일단 연주해 보렴."

나는 일단 터키 행진곡을 연주해 봤다.

……으~음, 표현이 잘 안 되네에……. 부는 것만으로 벅차서.

어느 정도 불고 나니 클래 짱은 곰곰이 생각에 빠져 있었다.

"……그래. 충분히 잘 불 수 있잖니, 라는 감상은 일단 접어둘게. ……단순히 말해서 익숙하지 않은 거야. 별로 경험이 없지? 플루트는 종류별로 부는 법이 다르니까, 콘서트 플루트처럼 불면 실수가 생겨."

"아──, 그러고 보니……. 이걸 불 수 있으니까 이것도 불 수 있겠지, 같은 이미지로 했을지도."

그건 너무 악기를 얕보는 거였네…….

이것저것 손을 대다 보니, 무언가가 부족해져 버린다. 완벽한 올라운더를 노리고 싶지만 아직 갈 길이 먼 듯하다.

"……내가 시범을 보여줄까?"

"괜찮아? 그럼 부탁할래."

나는 예비로 가져온 마우스피스를 건넨다.

인플루엔자도 유행하기 시작했으니 이런 대책은 확실히 해둬야지.

클래 짱은 마우스피스를 갈아 끼우고 피콜로를 잡는다.

역시 자세부터 그럴듯해서, 어딘가 환상적인 분위기마저 느껴질 정도였다. 이게 진짜구나. 음악에 관해서는 당해낼 수가 없을 것 같다.

"~~♪"

연주가 시작된 터키 행진곡은 나와는 격이 다르다, 라고밖에 표현할 길이 없었다.

나는 그저 압도당할 뿐이었다.

고음이 노래방 실내에 울려 퍼지는 와중에, 나는 즐거운 듯이 연주하는 클래 짱을 본다.

웃는 얼굴. 모든 것을 매료할 만한 표정으로 클래 짱은 연주를 하고 있다. 음악이 좋아요, 라고 온몸으로 표현하고 있는 것만 같다고 나는 생각했다.

"대단해. 대단해, 클래 짱!"

내 칭찬에 멋쩍은 듯 웃는 클래 짱.

"매일매일 쌓아온 연습 덕이야. 음악밖에 재능이 없으니까 다른 사람보다 더 연습해야 뒤처지지 않을 수 있거든. 너도 금방 능숙해 질 거야."

"으~음, 못 이길 것 같은데에……."

"괜찮아. 승부하고 있는 것도 아니잖니."

"뭐, 그것도 그렇네. 하지만 난 실전에 강하니까, 의외로 클래 짱한테 이길지도."

"나는 지지 않아."

평소보다 더 자신감 넘치는 클래 짱을 보니 기분 좋다.

평소엔 비굴하니까, 자만할 정도로 자신만만하게 있었으면 좋겠다.

나를 보고 배워라 이거지!! ……아닌가?

"클래 짱. 이렇게 악기를 잘 다루면, 노래도——."

——나는 다음에 나온 한마디로 자신의 실언을 깨달았다.

"……하나요리 씨. 당신, 나에 대해 뭘 알고 있는 거야?"

아아, 분명 너무 급했던 거다.

……아니, 너무 깊게 들어갔다.

밝은 웃음을 띠던 클래 짱은 이제 없다.

희미한 분노와 공포를 두른 클래 짱에게, 나는 아무 말도 할 수 없었다. 내 잘못이라는 걸 알고 있으니까.

입을 다문 나를 기다리다 지친 클래 짱은, 천천히 짐을 챙겨서 일어선다.

"오늘은 즐거웠어. ——하지만, 내 사정에 너무 고개를 들이밀지 말아줘. ……앞으로는 같은 VTuber로서 잘 부탁할게."

"——윽, 기다려 클래 짱……."

그녀를 막으려던 한마디는 무참히 닫힌 문에 가로막혔다.

분명 그것은 거절이다.

같은 VTuber로서. 달리 말하면, 그 이상의 관계가 될 생각은 없다는 의사 표현.

마지막의 마지막에 실수했다……. 아니, 처음부터 사정

을 들으려는 생각을 했던 게 실수였다. 내가 한 짓은 자기만족에 지나지 않았던 것이다.

"아, 씨……. 최애라고, 같은 VTuber라고, 내가 모든 걸 해결할 수 있다고 생각했던 게 지나친 오만이었던 건가……?"

나는 전생의 말투가 튀어나올 정도로 동요하고 후회하고 있었다.

자신의 흔들림 없던 아이덴티티가 무너지는 기분. 절대적인 꿈과 목표의 의미를 잃어버릴 것만 같았다.

"……부정적으로 변하지 말자. 오늘은 일단 집에 가서 자야지…… 참치 짱이랑 콜라보하기로 했었지."

까먹고 있었다.

오늘은 밤에 참치 짱과 콜라보하기로 약속을 잡아놨었지.

솔직히 그럴 기분이 아니지만, 혼자만의 사정으로 참치 짱에게 폐를 끼칠 수는 없는 데다 이미 시청자들에게도 공지를 해뒀다.

"집에 가자."

나올 때와는 정반대로 가라앉은 감정에 자조하면서, 나는 분한 마음을 삼키고 걸었다.

* * *

Side 클래시

내게는 자랑할 만한 게 아무것도 없다.

예전부터 지금까지, 모든 것은 부모님께 물려받은 재능에 의한 허구일 뿐.

"어째서…… 그런 식으로밖에 말할 수 없었던 걸까."

하나요리 씨는 한없이 순수하고 솔직하고, 마음이 아파질 정도로 상냥하다. 연기가 아니라는 것만은 알고 있다.

웃으며 손을 잡아 끌던 하나요리 씨도, 아 뜨거, 하고 그라탱을 볼에 잔뜩 넣던 하나요리 씨도.

모든 것이 그녀의 아이덴티티다. 그녀에게만 있는, 그녀만이 할 수 있는 것.

노래라는 말을 들으면 몸이 굳는다.

하나요리 씨에게 노래방에 가자는 말을 들었을 때는, 숨이 잘 쉬어지질 않아서 하마터면 추한 꼴을 보일 뻔했다.

사람을 잘 보는 하나요리 씨니까, 분명 내 상태가 이상하다는 건 눈치 채고 있었겠지.

"내가…… 나로서 있기 위해."

힘을 담아 중얼거린 말은 허공에 녹아들었다.

자신의 증명은, 아무래도 쉽게 되지 않을 모양이다.

* * *

나는 내가 행복하다고 생각했었다.

유복한 가정에서 태어났다. 아버지는 천재 작곡가 겸 천재 오케스트라 연주자인 스코틀랜드인.

어머니는 천재 가수 겸 천재 여배우.

나는 이른바 2세라는 분류에 들어 있었다.

어릴 적부터 부족함 없이 자라, 3살이 됐을 때는 아역으로서 다양한 촬영을 해냈다.

어린 마음임에도 부모님의 기대에 부응하고 싶었다. 그리고 무엇보다도, 늘 바쁘신 부모님과 조금이라도 더 오래 접해 있고 싶었다.

순풍에 돛을 단 듯한 나날. 버라이어티 프로그램에도 여러 번 출연했다.

칭찬받고 치켜세워지고, 세계는 나를 중심으로 도는 거라는 착각도 했다.

……하지만 나이를 먹음에 따라, 내 도금은 벗겨져 갔다. 돌아갈 수 없는 녹슨 나날에 빠져 헤어나지 못하게 됐다.

8살이 되었을 때는 일이 없어졌다.

2세의 시간제한이라나 보다.

한정된 아이로서의 시간 안에 자신을 발휘하지 못하면, 포기당해 모습을 감추게 되는 것이다.

나에게는 재능이 있었다.

그렇다고 착각하고 있었다.

사실은 뭐든지 어중간하고 잔재주 수준일 뿐.

못하는 것이 없는 게 나의 장점이라면, 뛰어나게 잘하는 것이 없다는 게 나의 약점이겠지. 내 위에는 항상 누군가가 있었다.

『역시 ○○ 씨네 자제분이구나.』

『○○의 아이라면 이 정도는 당연히 할 수 있겠지.』

『○○의 이름을 더럽히지 마라.』

만화 같은 데서 자주 나오지 않나.

재능 있는 부모에게 비교당해, 자신을 잃어버리는 불쌍한 아이.

항상 곁을 맴돌던 부모님의 이름은 무거운 사슬이 되어 나를 얽맨다.

한번은, 노래 프로그램에 출연하게 되었다.

마지막 기회다, 라고 생각했다.

여기서 결과를 남겨서 부모님께 인정받아야지.

이미 자기들을 착실한 업계인이라고 생각하지도 않으면서, 바쁘다는 면죄부로 집에 돌아오지 않게 된 부모님.

외로웠다. 분했다.

그렇게 출연한 노래 프로그램에서——.

——나는 나의 한계를 깨달았다.

『~~♪』

——아무도 박수를 치지 않았다.

다들 아연해져 있었다.

한 타이밍 뒤에 방송 프로듀서는 터무니없이 괴로운 표

정으로 나를 노려봤다.

그 표정을 통해 나는 자신의 실패를 깨닫고 도망쳤다.

눈물과 오열을 참으면서 그 자리에서 달아났다.

출연자로서 절대 해서는 안 되는 일이라 생각한다.

그렇지만, 8살의 나로서는 도저히 견딜 수 없는 일이었다.

──그 뒤, 프로그램은 내 분량을 삭제한 채 방송됐다.

방에 틀어박힌 나는 그대로 흘러가듯이 은퇴. 모든 걸 내팽개치고, 부모의 기대를 저버리고, 응원해 준 팬들을 소홀히 해 버렸다. ……애초에 응원해 준 팬이 있었는지도 모르겠지만.

그때부터 노래를 들으면 과호흡이 오게 됐다.

몇 년이 지나고서야, 다른 사람의 노래라면 괜찮아졌다.

하지만 스스로 노래하는 건 당연히 불가능. 혹은 내가 노래하는 걸 다른 사람에게 시사당하기만 해도 기분이 나빠졌다.

이것이 내가 노래하지 못하는 이유다.

* * *

"뭐라고 말하든, 무얼 고르든 변명밖에 안 돼. 하나요리 씨가 내민 손을 쳐낸 건 나야."

고집만 세고 스스로에게 자신이 없다.

그 이전에 나는, 8살에서 시간이 멈춘 채로 지내고 있다.

부모님과의 연결을 버리지 못해 타성에 젖어 계속해 온 악기.

결국 남에게 자랑할 수준은 되지 못했다. 모든 것이 상위호환인 부모님이 계시니까.

"VTuber로서 과거의 나를 버리면, 내가 나로서 있는다는 존재 증명이 가능해. 그렇게 생각했는데 말이야."

결국 변하는 것은 없다.

자기중심적이고 떼만 쓰고, 하나요리 씨에게도 참치마요 씨에게도 폐를 끼쳐버렸다.

진심으로 신뢰할 수 있다고 생각했던 하나요리 씨의 손을 스스로 거절해 버렸다.

"……무슨 낯으로 봐야 할지…… 아니, 만날 자격도 없겠네."

그녀는 사람을 홀린다.

축복받은 외모도 그렇지만, 기본적인 대화 방식이라든지 스며 나오는 성격이라든지. 일관성 있는 내면과 진심 어린 상냥함이, 어쩔 수 없이 경계심을 자꾸만 내려 버린다.

그녀와 나눈 체온의 따뜻함을 떠올린 나는, 뜨거워진 얼굴을 식히기 위해 손으로 부채질을 했다.

"내 안에 들어올 거라면, 밝혀낼 거라면, 그게 당신이었으면 좋겠어."

한 번이라도 다시 손을 내밀어 준다면.

나는 솔직해질 수 있을까.

참치 짱과의 콜라보는 별 탈 없이 마쳤다.

주눅 들어 있는 걸 누구에게도 들키지 않고 평소다운 나를 연기하는 데 성공했다고 생각한다. 역시 연기력이 효과가 있네, 응.

……하아~, 계속 주눅 들어 있을 수도 없는데 말이지. 어쩔 수 없는 현실이란 걸 오랜만에 맛봤어.

노력하면 무엇이든 해결할 수 있다고 생각했지만, 사람의 마음을 너무 가볍게 봤던 거겠지이.

"수고했어, 참치 짱."

"수, 수고하셨어요, 하나요리 씨. 저, 저기이……. 조금만 더 이야기하지 않으실래요……?"

"응? 방송 켠다는 뜻?"

나는 생각지도 못한 참치 짱의 제안에 당황한다.

평소 같으면 정신력을 너무 소모한 나머지 신음하면서 전화를 끊었을 텐데…… 웬일이래.

하지만 아무리 그래도 다시 시간을 잡아 두 번째 방송을 하는 건 내키지 않는다.

"아, 아뇨. 그런 게 아니라요. 방송이랑은 상관 없이 조금 이야기하고 싶어요."

"헤에, 웬일이래. 그런 말을 하다니. 참치 짱도 나한테 빠진 건가?"

농담처럼 말하지만 지금 내게 씩씩하게 행동할 여유는 없다. 평소라면 '예스'라고 즉답했겠지만, 오늘은 계속 얘기했다간 들통날지도 모른다.

"저기, 그으…… 뭐라고 해야 할지……!"

"뭔데뭔데? 고민이라도 있어?"

자신의 고민은 모른 척하며 물어봤지만, 거기서 생각도 못한 반격을 당했다.

"고, 고민이 있으신 건 하나요리 씨잖아요……!"

"어, 나?"

"오늘, 기운이 없으신 것 같아서! 그런 게 아닌가 해서!"

나는 숨을 삼킨다.

설마 참치 짱에게 들킬 거라곤 눈곱만큼도 생각 못 했다. 사람의 감정을 살피는 게 특기라고는 해도, 나는 완벽하게 목소리를 컨트롤하고 있었을 텐데.

……아니, 어쩌면 평소의 나와는 다른 행동을 하고 있었을지도 몰라. 그걸 찾아내는 참치 짱도 대단하지만.

"……응, 뭐 있긴 해. 근데 고민이 없는 사람은 없지 않아?"

"하나요리 씨는 고민이 없어 보이는 사람이라……."

"욕하는 거지???"

"아, 아니에요오. 고민 같은 건 전부 분쇄해서 앞으로 계속 나아갈 것 같다고 해야 할지, 그런 느낌……!"

"아하하, 그렇게 할 수 있었으면 좋았겠는데 말이지."

잘 넘어가려고 했는데, 참치 짱의 말로 다시 궤도가 수정됐다. 무의식적으로 한 거겠지만 왠지 모르게 열받는다.

건조한 웃음을 띤 내게 참치 짱은 걱정 가득한, 하지만 강한 목소리로 말한다.

"어, 어쩌신가요? 연상인 제가 상담을 해준다든가 하는 건⋯⋯!"

"못 미더운 연상이네에."

"으윽⋯⋯ 완전히 사실이지만, 조금 말이 날카로우신 거 아닌가요!!!"

"농담이야. ⋯⋯마음은 고맙지만, 내 사정에 참치 짱을 끌어들일 수는 없어."

나는 참치 짱의 호의를 부드럽게 거절한다.

결국 나로부터 시작된 일이며, 거기에 참치 짱을 말려들게 할 수는 없다.

이건 나 혼자서 해결해야만 하는 일이다⋯⋯ 좀 위험한 생각이긴 하지만.

"그, 그 고민이란 건 클래시 씨와 관련된 일인가요?"

"어떻게⋯⋯."

"오늘 갑자기 연락이 왔어요. 길을 잃었다고요. 온갖 고생 끝에 집에 보내드리는 데는 성공했지만, 평소 같으면 하나요리 씨한테 연락했겠죠? 그렇게 생각했어요."

"그렇구나, 거기서 집에 못 돌아갔구나⋯⋯."

까먹고 있었다.

참치 짱보다 클래 짱이 더 길치였다. 큰길에서 벗어나면 바로 헤매니까 말이지. 아무리 그래도 나도 그 상황에선 떠올릴 수가 없었고, 클래 짱도 거절한 뒤에 '길을 잃었어. 도와주지 않겠니'라고 말할 수는 없었겠지.

"괜찮으시면 얘기를 들려주시지 않겠어요? 자세하게는 말씀 안 하셔도 돼요. 어느 부분에서 헤매고 있는지라든가. 의, 의지는 안 되겠지만, 저도 연상으로서의 고집이 있거든요!"

희미하게 떨리는 목소리에 담긴 강한 결의.

더듬거리면서 나온 한없이 참치 짱다운 말은…… 예상하고 있었음에도 내 마음에 울려 퍼져 버렸다.

"미안, 고마워. 잠깐 이야기 들어줄래?"

"다다다다, 당연하죠……!"

"불안해지는데."

"그러시겠죠오!"

* * *

약간의 시간을 거쳐서 나는 띄엄띄엄 사정을 이야기했다.

모든 걸 말할 수는 없다. 하지만 참치 짱은 맞장구와 함께 '천천히 하셔도 돼요'라며 들어주었다.

"──그런 일이 있었던 거야. ……뭐, 내가 너무 조급해져서 깊게 파고든 게 잘못이지만."

나는 자조하듯이 중얼거렸다.

이야기해서 가뿐해졌다, 까지는 아니지만 마음의 짐이 조금 가벼워졌다.

끼어들지 않고 그저 응응, 하며 들어준 덕에 마음이 편했다. 참치 짱에겐 남의 말을 잘 들어주는 재능이 있는 걸지도 모른다.

"그렇군요…… 인간관계가 쓰레기인 저와는 전혀 인연이 없는 고민……!"

"나도 자조한 건데 그걸 뛰어넘는 네거티브를 보이지 말아줄래?"

"동기 외에는 친구가 없으니까요!"

"힘차게도 말하네……."

네거티브한데도 나와 클래시는 확실히 친구로 인정하고 있다는 점이, 참치 짱 나름의 성장인 걸까. 진심으로 말해주고 있다는 점이 그나마 내겐 다행이야.

가볍게 웃고는 밖을 본다.

완전히 어두워진 한밤중에, 내 마음은 내 뜻과 다르게 울적함에 뒤덮인다.

"역시 너무 오지랖인 걸까, 나."

턱을 괴고 내뱉은 말에 참치 짱은 오늘 들은 것 중 가장 큰 의사를 담은, 다정한 목소리로 대답했다.

"네. 하나요리 씨는 오지랖이에요."

"……윽, 그렇겠지."

"착각하지 마세요. 하나요리 씨는 오지랖이 심하지만, 그게 하나요리 씨인 거잖아요! 한없이 남 돌봐주기를 좋아하고 상냥하고, 사람을 자세히 봐요. 하나요리 씨의 오지랖은 사람을 기쁘게 해요. 상냥하다고요."

"참치 짱……."

그렇게나 자기 의사를 확실히 말하지 못하던 참치 짱이, 조금의 동요도 두려움도 없이 이야기하고 있다.

그 목소리에선 자애나 나를 향한 신뢰가 느껴졌다.

……어째서 이렇게나 나를 믿어주는 걸까.

내겐 매력이 있다. 노력도 해왔다.

하지만, 누군가를 구해본 적은 없다.

내가 하는 일이 그 사람에게 구원인가, 아니면 민폐인가. 뭔가 잘 모르겠다.

"저에겐 늘 콤플렉스였어요. 망상증이라는 게요. 제 의사로는 아무리 해도 멈출 수가 없어서, 누군가에게 바보 취급당해 와서. 부모님도 이상하다는 눈으로 저를 봤어요. 하나요리 씨뿐이었다고요. 정면에서, 거짓도 비웃음도 없이 순수한 눈길을 보내준 건."

"——저는 하나요리 씨에게 **구원받은** 거예요."

"……내가, 누군가를 구해 준 거야……?"

위험했다.

만약 영상통화였다면 보여주기 힘들 만한 표정을 짓고 있었으니까.

참치 쨩과 똑같이, 나는 누군가에게 긍정받고 싶었던 걸지도 모르겠다. 인정받고 싶었던 걸지도 모르겠다.

참치 쨩은 끝으로 이렇게 매듭을 지었다.

"그러니까—— 용기를 가지고, 전력을 다해 오지랖 부려 주세요."

강한 의지가 깃든 말에—— 나는 참지 못하고 뿜어 버렸다.

"풉, 전력을 다한 오지랖은 뭔데! 아하하!"

"에에, 저기, 웃으실 건 없잖아요!"

"아하하하하!!!!"

"하나요리 씨이이이이이!!!"

"후후, 아하핫!!!!"

고마워, 참치 쨩.

전력을 다해 오지랖 부려볼게.

분명 도움을 바라고 있을 클래 쨩에게.

라디오 때 보이던 웃는 얼굴. 즐겁다고 해줬던 그 말에 거짓은 없다고 믿고 있으니까.

13. 메스가키(웃음) VTuber의 진지한 수행

다음 날 학교를 별생각 없이 보낸 나는, 집에 돌아오자마자 곧바로 작전을 짜기 시작했다.

"흐음…… 수행 파트로 들어가 볼까."

생각은 있다.

실행도 가능하다.

하지만, 거기에는 내 실력이 필수적이다. 어설픈 행동으로는 클래 짱의 마음을 움직일 수 없다. 매일 자신의 향상을 꾀해온 나지만 무언가의 극에 달하지는 못했다. 넓고 깊게 공부했음에도 심층까지는 도달하지 못했다.

나는 연락처에서 1년 만에 그 인물을 호출했다.

"아, 여보세요~, 오랜만이네요, 선생님."

『오래간만이네요, 도둑.』

"하하하, 무슨 남 듣기 안 좋은 소리를."

『말은 잘하네요. 제게서 기술을 훔치고 레슨은 그만둔 주제에.』

전화 너머로 한숨이 들려온다.

말도 안 될 만큼 미려한 목소리를 가진 여성.

그녀야말로 나의 음악 스승 격인 존재다.

꽤나 미움을 산 모양인데…… 뭐, 선생님의 기술을 보고 훔친 다음 그만둔 제자니까. 그럴 만도 하지.

레슨은 착실히 받았지만 그건 어디까지나 기본적인 부분에서의 이야기. 응용에 관한 부분은 전부 훔친 것이다.

나는 그렇게 재능이 넘치는 편은 아니지만, 아무래도 음악에 관해서는 숙달이 빠른 모양이다. 나도 만화 같은 연습 방법으로 실력이 오를 거라고는 생각 못 했다.

『그래서, 이제 와서 무슨 볼일인가요?』

"아──. 노래를 잘하고 싶거든요."

『이미 잘하잖아요. 아니면 요 1년 사이에 녹슬었나요?』

"설마요. 더 잘해지고 싶은 거예요."

『당신에게 그 정도까지의 재능은 없어요.』

가식 없는 언사에 나는 쓴웃음을 짓는다.

나를 한계까지 이끌어 **주신** 선생님이기에, 나의 한계를 알고 있다.

그리고, 그 한계를 부수라고 내게 가르친 것도 선생님이다.

"재능 같은 건 상관없어요. 선생님이 말씀하셨잖아요? 마음에 닿으면 그것이 노래다, 라고요. 그렇죠?"

『……하아. 내일 5시에 스튜디오로 오세요.』

"네──에♪"

『칫…….』

마지막에 혀를 차는 소리가 들린 것 같지만, 아마 기분 탓이겠지. 응, 선생님은 자상하네에.

　　　　　　　　　　＊ ＊ ＊

　검은 V넥 카라 재킷과 타이트스커트를 입은 정장 차림의 여성.

　포니테일로 정리한 머리와, 치켜 올라간 눈을 감추는 동그란 안경.

　일을 마치고 온 정장 미인이 거기에 있었다.

　장소는 도내의 스튜디오.

　눈앞에 선 여성―― 선생님은 엄한 시선으로 나를 본다.

　"민폐예요. 저도 한가한 게 아니거든요."

　"알고 있어요. 이건 부업이잖아요."

　"네, 기껏 정시에 퇴근하도록 사장에게 허락받았는데, 그 뒤에 바로 바보를 상대해야만 하다니."

　"우와, 신랄하시네~."

　눈이 안 웃고 있잖아. 무서운데요.

　선생님의 본업은…… 뭐, 사실은 알고 있지만 내가 알고 있다는 걸 선생님은 모를 것이다.

　"바로바로 시작할게요. 그리고, 기분 나쁘니까 존댓말은 하지 마세요. 그런 갸륵함은 당신에게 어울리지 않아요."

　"그거 은근히 엄청 실례되는 녀석이라고 한 거 아닌가?"

　"그렇게 말한 건데요???"

　강한 눈빛으로 위협하는 선생님에게선 상당한 분노가 엿보였지만, 그 안에는 약간의 선한 기질과 나를 신뢰하는 마음이 있다는 것을 알고 있다. 아마도.

하지만 시간을 뺏겨 화나 있다는 건 분명하겠지.

"저기—— 선생님. 마음에 닿는 노래란 뭐라고 생각해?"

"못나게 부르는 거예요."

"와우, 즉답."

목을 스르륵 움직여 내 눈을 똑바로 바라보며 즉답하는 선생님.

즉답인 건 차치하고, 꽤나 이것저것 모순인 느낌이다.

"……알겠나요? 잘 부른 노래가 사람의 마음을 울리는 거냐고 묻는다면 대답은 NO예요. 하지만 감정만이 앞서도 노래로서 기능할 수 없게 되죠."

"응응."

그건 안다.

애초에 잘 부른 노래의 기준은 뭘까. 음정이 엇나가지 않는다. 억양 등의 기술이 좋다……. 이것도 저것도 잘 부르는 것뿐이지, 그 노래가 **좋은** 노래가 되는지는 알 수 없다.

그 전제를 이해하지 못하면, 선생님이 하는 말의 의미도 전해지지 않겠지.

"따라서, 마음에 닿는 노래라는 건 **자신의 올바름을 밀어붙이는** 것이에요."

"엇. 그건 독선 아냐?"

예상치 못한 말에 나는 순수한 의문을 던진다.

선생님은 "그렇죠"라고 긍정한 다음 말을 이었다.

"물론 이건 제 지론이니까 흘려들어도 상관없어요. 하지만, 상대의 마음에 발을 들인다는 것은 어찌 됐든 독선이에요. 당신이 알고 싶은 건 **한 사람**의 마음에 닿을 노래잖아요?"

"──윽!"

마치 내 사정을 이해하고 있는 듯한 말에, 경악과 함께 확 선생님을 본다.

그녀는 다정하게 미소지으면서 '그럼' 하고 마이크를 손에 들었다.

"대중의 마음을 사로잡는 기술은 이미 가르쳤어요. 그런데도 당신이 내게 도움을 요청한다면 그것밖에 없죠."

"뭐야. 선생님, 나 좋아하네."

"선생님의 입장에서 보면 썩을 꼬맹이지만, 그 마음가짐은 싫어하지 않아요. 그리고, 당신을 보고 있으면 그 애를 떠올리게 돼요."

"그 애? 선생님 애인?"

"왜 그쪽으로 가는 거죠. 아니에요. ……재능에 짓눌린 가냘픈 여자아이예요. 뭐, 제 옛 제자 같은 거죠."

옛이라니, 선생님 아직 아슬아슬하게 20대잖아. 아슬아슬하지만.

그런 생각을 하고 있자니, 선생님이 나를 날카롭게 쳐다봤다.

어째서지…… 내 생각이 읽혔나? 이 삼십 줄 직전에게.

"뭔가 무례하기 짝이 없는 생각을 하고 있는 거죠?"

"무슨 소리야. 무례한 건 늘 그렇잖아?"

"뻔뻔해지지 말고 그 썩을 꼬맹이 같은 태도를 고치세요. 당신도 이제 고등학생이잖아요?"

"선생님한테 나이 얘기 듣기 싫은데에."

"알겠어요. 레슨 강도를 10배로 조정하죠."

여성에게 나이 얘기를 하는 건 매너 위반이라고들 하지만, 나 자신도 여성이니까 세이프……일 리가 없다. 친한 사이일수록 예의를 갖추라는 말도 있으니까. 그거 내가 제일 못하는 거잖아.

"격한 건 환영이야."

"그 긍정적 마인드가 귀찮은 거예요. 저와의 온도 차를 생각해 주세요."

"나는 태양이니까 주위를 따뜻하게 해버리는 거지."

"나락에 떨어져라."

"대놓고 욕을?!"

그 말은 방송인인 저에겐 치명상인데요!

아직 나락 간 경험은 0이니까 어찌어찌 방송하고 있지만, 말이 씨가 된다고 하잖아. 안 된다구.

"됐으니까 시작할게요. 얼른 발성부터 시작해 주세요."

"네―에♪"

* * *

Side ???

재능이 너무 넘치는 것도 생각해 볼 일이지만, 어중간하게 있는 게 가장 어렵단 말이죠. 그런 데다 본인에게 의욕과 각오가 확실히 갖춰져 있다니.

그녀가 그 정도로 도와주고 싶은 존재가 누구인지 신경은 쓰이지만, 그녀와 나의 관계는 어디까지나 선생님과 학생이니 어쩔 수 없네요.

땀을 닦으면서도 필사적으로 목소리를 짜내는 바보 같은 학생.

아아, 분해라.

제 마음에까지 닿아버리는 압도적인 강한 의지. 한없이 순수하고 깨끗한 마음.

그 노랫소리를 직접 듣게 될 사람을 동정할 수밖에 없어요.

"그 애는 어떻게 지내고 있을까요."

제 첫 학생.

재능밖에 없던 아이. 그랬기에, 약간의 엇갈림과 커다란 재능에 짓눌려 버렸죠.

8살이었던 그녀도 이미 19살일 텐데.

생각해봤자 소용없겠네요. 길을 선택한 건 그녀니까요.

"어때? 선생님!"

숨이 찬 상태로 묻는 바보는 자신만만하게 저를 보고 있네요. 반짝반짝 빛나는 그 아름다운 눈동자를 손에 넣고 싶다고 바라는 사람도 많겠죠.

그렇기에 저는 그녀에게 얽매여서는 안 돼요.

"0점이에요."

"어―??!!!"

* * *

일주일이 지났다. 그사이 나는 선생님에게 착실히 기술이나 감정표현의 노하우를 전수받았다.

완벽하다고는 말하기 힘들지만, 내 강점은 실전에서 발휘된다. 기합이 헛돌지 않도록 마음을 다잡아야지.

이제부터 나는 한 사람의 마음에 들어가 그곳을 파헤친다.

거절당해도 끝까지 가는 압도적인 자아로 밀어붙일 것이다.

그렇기에, 지지 않는 각오와 신념이 필요하다.

"매니저. 그 건은요?"

『문제없어요. 오늘 점심에 사무소 앞에서 기다리고 있겠습니다. 클래시 씨는 이쪽에서 마중 나갈 테니 걱정 없어요.』

"좋아, 감사합니다. 오늘은 잘 좀 부탁드릴게요."

『네. 성공시키죠!』

웃는 얼굴로 매니저와 전화한다.

매니저에게는 약간의 사정을 빼놓고 다 설명했다. 이번 작전에는 사무소의 협력이 꼭 필요하니까 말이지.

매니저도 의욕적이어서 일주일 만에 모든 준비를 마쳐주었다.

바쁠 텐데 참 감사하다. 다음에 과자 세트라도 보낼까.

"드디어 오늘이네. 나한테 벽을 친 느낌이지만 화내지 말아줘, 클래 짱. 오늘은 함락시킬 거니까."

한다고 정했으면 한다.

함락시킨다고 정했으면 완전히 함락시킨다.

나의 신념은 웬만한 일로는 꺾이지 않거든…… 참치 짱이랑 이야기하지 않았으면 꺾였을 가능성도 있었지만.

"어떤 치사한 수단을 써서라도 마지막에 결말만 잘 지으면 되는 거거든. 있지, 클래 짱. 난 생각보다 더 나쁜 아이라고."

후후후, 하고 허공에 대고 웃은 나는 각오를 다지고 집을 나선다.

긴장감은 없다.

나는 VTuber, 하나요리 코하쿠니까.

Side 클래시

"내가 잘못한 거지만 껄끄럽네……."

높게 솟아오른 빌딩── 사무소 앞에서 나는 망설이고 있었다.

내 쪽에서 하나요리 씨를 거절한 지 1주 남짓.

더 이상 직접 만날 일은 없어, 라고 생각하자마자 매니저에게서 하나요리 씨와의 오프 콜라보 녹화 의뢰가 왔다.

시작부터 꼬인다는 건 말 그대로 이런 거겠지.

무슨 얼굴로 만나라는 걸까.

나에게 하나요리 씨와 만날 자격은 있는 걸까.

머리에 떠올랐다가 사라지는 다양한 생각들에도, 약간 있는 VTuber로서의 자부심이 도망치는 것을 허락하지 않았다.

그래서 지금, 나는 의뢰를 받아 여기에 있다.

"음악 대결 콜라보, 라니. **사무소의 뜻**이라곤 해도 타이밍이 안 좋네."

일주일 전의 일을 떠올린다.

이제 하나요리 씨는 나와의 관계를 포기했을 게 틀림없다. 손을 내밀어 주는 일도, 다정하게 말을 걸어 주는 일도 없다.

내가 말했으니까.

같은 VTuber로서 잘 부탁한다고.

하나요리 씨는 이 말의 진의를 눈치채지 못할 사람이 아니다.

담담하게. 조용하게 처리하자──.

──라고 생각했는데.

"아, 클래 짱! 오랜만!"

"으, 으응……."

하나요리 씨는 변함없는 순수한 미소로 나를 맞이했다.

……어째서??

의문이 떠올랐지만 입에서 나오기 직전에 멈춘다.

불확실한 희망을 가져 봐야 깨져버릴 것이 명백하니까. 내가 거절해 놓고 이제 와서 **그것**을 묻는 건 너무 뻔뻔스러운 짓이다.

"오늘 잘 부탁해!"

"……그래."

결국 나는, 눈부신 미소에서 눈을 돌릴 수밖에 없었다.

* * *

제1관문 돌파, 네.

평소처럼 대한 나에게 클래 짱은 어떤 반응을 보일 것인가.

내가 확인하고 싶었던 건 그 거절이 하다못해 의도하지는 않은 것이었나, 였다.

희망적인 소리가 아니라고. 그 말에 들어 있던 건 분노가 아니라 대부분 공포와 초조함이었으니까.

공포에서 나온 거절.

그것은, 알려지고 싶지 않다. 알게 돼서 미움받고 싶지 않다. 상대가 파고드는 게 무섭다.

대체로 이 세 가지로 구성되어 있다고 본다.

방금 클래 짱은 거북한 표정으로 시선을 돌렸다. 그 말은 즉, 나에 대해 죄책감을 느끼고 있다는 뜻이다.

따라서 제1관문, 완전히 거절하고 있는 건 아니다, 를 돌파한 셈이다.

……후우. 너무 희망적인 관측인가 했는데 의외로 잘 넘어갔네에.

"그럼, 녹음실 가자."

"그래."

내가 말을 걸자 작은 목소리로 수긍하는 클래 짱.

나는 거기에 태클을 걸지 않았고, 우리는 말 없이 계속 걸었다.

"우리밖에 없네."

"응. 스태프분들이 시간이 안 맞아서. 기재 사용법은 다 배웠으니까 괜찮지 않아? 그렇게 어려운 기획도 아니고."

이건 거짓말이다.

준비 중에 내가 무리하게 부탁해서 둘만 남게 해달라고 했다. 사적인 질문을 하는데 전혀 관계없는 사람이 엮이면 본심을 말할 수 없어지니까. 죽을 각오로 기재 다루는 법 배웠다구.

엄청나게 어려웠다. 전문가들은 대단해애, 하고 솔직하게 감탄했다.

"그래. 그렇구나."

다행히 클래 짱은 납득한 모양이다.

꽤 억지스러운 변명이지만, 세상 물정에 어두운 클래 짱에겐 어떻게든 통하려나 하는 느낌으로 얼렁뚱땅 세운 작전이다.

초반의 실패는 넘어가 줬으면 좋겠다. 뒤에서 만회할 테니까!

나는 기재를 조작하며 녹음실을 둘러본다.

빼곡하게 늘어선 악기류는 전부 사무소가 관리하고 있는 물건이다.

피아노부터 시작해 기타며 베이스며 드럼까지.

그 탓에 상당히 안이 좁아져 있지만, 연주할 공간은 있으니까 참아야지.

"어떤 흐름으로 진행되는 거니?"

"그러게. 뭐, 잡담을 섞으면서 악기를 교대로 연주하는 형식이려나. 그걸 나중에 젠치 씨와 참치 짱에게 들려줘서 추후에 승패가 가려질 예정이야~."

"0기생 젠치 씨…… 꽤 판이 크네."

"그렇지. 심사위원으로 1기생도 끌어들이고 싶었는데, 아무리 그래도 힘든 모양이야."

사무소가 주도하는 콜라보라는 걸 강조하기 위해, 나는 둘을 간접적으로 끌어들였다.

뭐…… 순수하게 시청자들이 즐겨주길 바라는 마음도 크지만.

내 개인적인 볼일 때문에 시청자를 이용하는 짓은 하고 싶지 않다. 하지만, 작전을 위해선 방송이어야 하는 것이 필수.

그렇다면 양쪽 다 즐길 수 있도록 하면 되잖아! 같은 느낌?

무식한 생각이라는 태클은 듣지 않을게. 나도 알고 있으니까…….

흐름을 설명하고 있자니, 문득 클래 짱이 험악한 얼굴로 고개를 숙인다.

무슨 일인가 싶어 의아해하는 내게 클래 짱은 무언가를 말하려 한다.

"하나요리 씨…… 당신은―― 아냐. 아무것도 아니야."

"그래?"

하려는 말은 왠지 모르게 알 것 같다.

하지만 클래 짱이 그걸 말로 꺼내지 않았다면, 내가 대답하는 것도 눈치 없는 짓이겠지. 내겐 클래 짱이 말하고 싶어질 때까지 기다리든가, 말하고 싶어지도록 공략하든가의 양자택일뿐이다.

"그럼, 시작할까."

* * *

"여러분, 좋은 아침점심저녁! 2기생 하나요리 코하쿠 와……?"

"같은 2기생 클래시야."

"네! 그런고로, 오늘은 참치 짱을 왕따시킨 2기생 콜라보야!"

"표현이 좀 심하다고 생각해."

녹화가 시작됐다.

시작은 순조롭네. 1기생은 모르겠지만, 2기생은 참치 짱까지 포함해 스펙이 좋으니까 대본 없는 즉석 실전이라도 진행하기 쉽다.

아무리 그래도 흐름은 정해둬야 하지만, 어느 정도까지는 각각 자기 판단으로 애드리브를 넣어 준다.

"자, 오늘은 나와 클래 짱의 음악 대결 콜라보야. 음악계 VTuber에게 음악으로 도전하는 건 불리하지만…… 질 생각은 없다구."

나는 온갖 느낌을 전부 클래 짱에게 부딪힌다.

이를 드러내며 노려보는 내게 놀라서 움찔하는 클래 짱. 하지만 방송을 위한 연기라고 판정한 건지, 금세 원래 모습으로 돌아왔다.

"그래…… 나도 질 수 없어."

그건 내가 할 말이거든.

결코 질 수는 없다. 지고 싶지 않으니까 여기에 있는 거고.

결의가 담긴 눈으로 우리는 서로를 마주한다.

……일단은 콜라보를 우선해야지.

"기합도 충분히 들어갔고, 첫 대결 종목은…… 이거!"

"기타……인 거니?"

"그래! 어쿠스틱 기타!"

"하나요리 씨는 다뤄본 경험이 있는 걸까?"

"그렇지, 일단 배운 적은 있어. 2달 만에 관뒀지만."

"안 맞았던 거니?"

"아니? 선생님보다 잘해졌으니까."

"선뜻 터무니없는 소리를 하는구나……."

약간 깬 듯한 클래 짱. 하지만 가르치러 온 사람도 아마추어였던 데다, 손재주가 좋은 나는 순식간에 기초를 다질 수 있었던 덕분이다. 응용 부분은 빠짐없이 훔쳤다.

기타에 그렇게까지 시간을 투자할 수는 없었기에 단기간에 그만뒀지만…… 내게 추월당한 선생은 엄청 불타올라서 유명 기타리스트가 되었으니 결과적으론 다 잘됐다는 느낌.

"클래 짱은 어때? 경험 있어?"

"그래, 악기류는 대체로 다 만져 본 것 같네. 새로운 걸 배우는 건 즐거워."

"그렇지. 이해돼."

하지 못했던 걸 할 수 있게 되는 건 즐거운 일이다.

어느 분야에든 들어맞는 얘기 아닐까 생각하는데, 나에겐 새로운 것에 몰두하는 일이 일상이자 필요한 일이었다. 그렇기에, 그 일상에서 즐거움을 찾아낼 수 있었다.

음악도 그중 하나지.

나는 기타를 끌어안고 의자에 앉은 뒤, 나의 마음이 가는 대로 기타를 연주했다.

* * *

우리는 다양한 대결을 했다.

기타에서 시작해 피아노, 트럼펫, 바이올린, 드럼 등등.

무엇이든 높은 수준으로 해내는 나와 모든 것을 프로급으로 완성하는 클래 짱. 아무리 발버둥 쳐도 승산은 없는 셈이지만, 음악이라는 건 퍼포먼스가 전부가 아니다.

연주자가 담은 마음이라든가, 말로는 표현할 수 없는 것이 승패를 가르기도 한다.

그 점을 고려했을 때 아마 지금의 승률은 서로 반반.

"하아, 하아…… 꽤 하네, 클래 짱."

"……하아, 하나요리 씨야말로. 솔직히 놀랐어."

"나도야. 클래 짱 너무 커버 범위가 넓은 거 아냐? 드럼까지 완벽하다니 자신이 없어진다구."

"착실히 따라왔으면서 말은 잘하네."

예상보다 더 버거웠다.

오케스트라 악기 전문이라고 생각해서, 분야가 다른 기타나 드럼 같은 부분에선 이길 수 있지 않을까 했는데…… 전혀 그렇지 않았네.

녹화 개시부터 한 시간 반.

표면상으로는 양호해 보일 관계도 실은 그렇지 않다.

일단 눈을 마주치면 피하니까. 미소를 띠고 있지만, 무리해서 나오는 웃는 얼굴이라는 건 일목요연하다.

내게는 여기부터가 진짜다.

어떻게 말을 꺼낼까.

그것은 이미 몇 번이고 몇 번이고 생각해서 정했다.

심플 이즈 베스트.

괜히 혀가 길어지는 건 옳지 않다.

"있지, 클래 짱. 지금부터는 오프 더 레코드인데. 클래 짱이 정해줬으면 좋겠어."

"뭘……?"

클래 짱은 의아해하는 표정으로 나를 봤다.

웃지도 않고 강한 결의를 담아 클래 짱을 보는 내게 무언가를 느낀 듯, 그녀가 입술을 꾹 깨문다.

"마지막 대결을 해볼까. **노래 대결.**"

"──윽, 싫어! 싫다고!"

거절하는 클래 짱의 표정은 비통으로 가득 차 있었다.

결의가 흔들린 나는 주먹을 꼭 쥐고 견딘다.

"괜찮아, 클래 짱이 정해줬으면 좋겠어."

"그럼 대답은 당연히──."

"하지만! 그 전에 내 노래를 들어줘. 남의 노래를 듣는 정돈 괜찮잖아?"

노래방에선 온갖 곳에 노래가 들리고 있었다.

방음이기는 하지만 완전히 소리가 차단되는 건 아닌데, 그때 클래 짱은 적어도 겉보기에는 평온하게 있었다. 그렇기에 다른 사람의 노래를 듣기만 하는 거라면 멀쩡할 거라고 예측했다.

그것은 정답이었는지, 클래 짱은 머리를 감싸쥐고 몸을 떨면서 작은 침묵을 가져온 뒤…… '알았어'라고 말했다.

제2관문 돌파.

"결정됐네."

"어째서 하나요리 씨는 내게 그렇게까지……."

"뻔하잖아."

빙긋 웃으며 클래 짱을 향해 척, 하고 손가락을 뻗은 나는 말한다.

"함락시키기 위해서지."

＊ ＊ ＊

Side 클래시

……이 얼마나 하나요리 씨다운 대답인가. 상황이 이렇지만 않았다면 웃어버릴 것 같은 말이었다.

손을 뻗어줬을 때의 다정한 미소가 아니다. 이를 드러낸 도전적인 눈동자다. 그만큼이나 진심이구나 하고, 나는 드디어 하나요리 씨의 강한 결의를 눈치챌 수 있었다.

어떻게 그렇게 강하게 있을 수 있는 거야?

어떻게 그렇게 자신을, 상대를 믿을 수 있는 거야?

하나요리 씨는 준비를 해나가며 때때로 나를 신경 쓰는 듯 힐끔힐끔 이쪽을 본다.

"정해도 된다……. 지금껏 도망치기만 했던 내가."

아아, 잔혹하다.

분명 내가 또다시 도망치더라도, 하나요리 씨는 절대 나를 포기하지 않을 것이다. 그런 예감이 든다.

내 희망이 아니다. 분명 하나요리 씨는 포기하는 법을 모르는 것이다.

……그럼에도, 나는 노래할 수 없다.

하나요리 씨의 노래가 얼마나 능숙하든, 그게 내가 노래할 이유가 되지는 않으니까.

"클래 짱. 지금은 쓸데없는 생각은 안 해도 돼. 나만을 봐줘. 내 노래만을 들어줘.

──나는 너만을 볼 테니까."

……윽, 왜 그렇게 강한 거야…….

지금까지 누군가가 나를 **나로서** 봐준 적 따위 없다. 모두가 부모님의 명성만으로 나를 보아왔다.

하나요리 씨는 치사하네.

치사해. 치사해.

입을 다물고 있으니, 하나요리 씨는 스피커를 통해 음악을 틀기 시작한다.

이어서 들려온 노랫소리는──.

──내 모든 것을 날려 버렸다.

【기다렸지, 부디 도와줬으면 해】작사 · 작곡 『코이다누키』
『솔직하지 못한 너는
언제든 눈치채 주길 원해서
말로 꺼내진 못하지만
자신을 찾아 주길 원해서』

──이것은 나다.

마치 나의 마음을 간파하고 있는 듯한 가사에, 나도 모르게 마음이 흔들린다.

『과거와 현재의 경계선

이어지는 인연과 마음을 믿고 싶어

함께 기뻐했던 추억은

분명 거짓말 같은 게 아니니까』

하나요리 씨와, 참치마요 씨와 나.

분명 친목을 다졌던 시간은 짧았다.

그럼에도, 즐거웠다. 통통 튀는 대화에 기쁨이 싹 텄던 것도 아직 머릿속에 생생하다.

추억이 장면이 되어 선명하게 떠오르기 시작한다.

하나요리 씨의 격정적인 감정에 마음이 직접 흔들리고 있다.

『불안하지만 말할 수 없어

마음의 착오에

나도 모르게 나온 말

도와줘』

『기다렸지, 부디 도와줬으면 해

애타게 기다려 온 그 온기는

사라지지 않는 추억을 다시

만들어 낼 수 있어

기다렸지, 부디 도와줬으면 해

손꼽아 기다려 온 그 말에

사라지지 않는 추억을 지금

쌓아 올리는 거야』

　　도움을, 바라 왔다.

　　누군가 도와줘, 하고. 나타날 리도 없는 누군가를 의지하고 있었다. 그런 독선적이고 오만한 생각을 가지고 도움받을 수 있을 리가 없다.

　　어두워진 지금에 자조하며, 그저 미래를 비관하고 있었다.

　　나는 그저 한마디만 하면 됐던 걸까.

　　"도와줘."

　　노래에 담긴 마음이 한층 강해진다.

　　꾹꾹 조여오는 가슴은, 당장이라도 삐걱거리다 터져 버릴 것만 같다.

　　귀여움도 멋도 벗어 던져버리고, 잘 빗긴 흑발을 마구 흩뜨리며 필사적으로 노래하는 하나요리 씨. 한 줄기 물방울이 흘러 떨어지는 것을 느끼며…… 부디 더 이상 나를

울리지 말아 줘, 하고 빌었다.

『다시 할 수 없는 건 없어

　과거를 잊을 필요는 없어

　지금을 봐주는 너를

　끌어안고 있고 싶으니까』

"——아."

지금까지의 가사가 내 마음을 대변하고 있었다면, 마지막 가사만큼은 하나요리 씨의 말처럼 들렸다.

아직 늦지 않았다고. 용서하는 것도 잊는 것도 필요 없다고.

그저 지금을…… 아니, **하나요리 씨**를 보라고.

그때 비로소, 나와 하나요리 씨의 시선이 겹쳤다.

한없이 신뢰하고 있는 눈이었다.

선언한 대로, 그 눈동자는 나만을 비추고 있다.

"나는…… 아직 늦지 않은 거야……? 나, 나는 하나요리 씨에게 미움받고 싶지 않아. 내가 노래하면 분명 당신은——."

되살아나는 TV 녹화 날.

싸하게 얼어붙은 녹화장의 공기와, 괴로운 듯 나를 노려보는 프로듀서.

더 이상 그날처럼 도망치고 싶지 않으니까.

하나요리 씨에게 미움받고 싶지 않으니까.

오열을 견디며, 나는 꾹 눈물을 참았다.

그리고 내 외침은 하나요리 씨에게 가로막혔다.

"누가 뭐라고 하든 상관없어. 나는 클래 짱——음악계 VTuber, 클래시의 노래를 듣고 싶어. 너니까, 누구보다 강하고 다정한 너의 노래를 듣고 싶은 거야."

아름다운 칠흑의 눈동자가 나를 꿰뚫었다.

맑게 트인 눈동자에는 일절의 거짓조차 느껴지지 않는다. 거기에는 부모님의 속박도 기대도 없었다.

순수하게 나의 노랫소리를 듣고 싶어 한다는 게 전해졌다.

그래서 나는————.

* * *

그날의 방송은 추후 《각성 방송》이라 불리게 된다.

음악계 VTuber 클래시가 진정으로 날개를 편 날이자, 2기생 최후의 요새가 **함락**당한 날이기도 하다.

이후 인터뷰에서 그녀는 이렇게 말했다.

Q. 어째서 그날 노래를 해금하신 건가요?

A. 클래시「단 한 사람이지만 나를 봐주는 사람이 있다, 그것만으로 나는 만족할 수 있다는 걸 깨달았어. 과거에 사로잡히기만 하고, 보고 싶은 걸 보지 못하고 있었어. 그런

나를 눈뜨게 해준 은인 덕이야.」

──그 은인이라는 분은?

클래시 「말하지 않아도 알잖니?(웃음)」

──한 명밖에 없네요(웃음)

분명 그녀가 있는 한 2기생은 안녕하겠지요.

【백─합 잡지에서 발췌】

"왜 저만 따돌림당한 건가요오오오!!!"

"미안하다니까."

· 힘내라

· 사과가 싸구려네요

· 넌 악기 연주 못 하잖아······

클래 짱과의 음악 대결 콜라보로부터 일주일이 지났다.

무사히 공식 채널에 방송된 콜라보는 큰 반응을 불러일으켰고, 인기 급상승 영상 1위의 자리까지 올랐다.

나도 클래 짱도 채널 구독자 수를 키워서, 나는 42만 명. 클래 짱은 26만 명.

어째선지 참치 짱도 상호작용으로 20만 명이 되었다.

이것으로 2기생 전원 구독자 수가 20만 명 이상이 된 것이다.

싱글벙글한 나는 현재 노래방에서 2기생 콜라보를 한참 진행 중이다.

울상인 참치 짱에겐 미안하지만, 처음부터 따돌릴 생각이었거든. 그 자리엔 어울리지 않는 인물이었으니 어쩔 수 없다고.

네가 있으면 진지한 분위기가 박살나잖아.

"미안해, 참치마요 씨. 어쩔 수 없었거든. 하나요리 씨가 나를 놔주질 않으니……."

"오해를 부를 만한 발언은 삼가해 줄래? 클래 짱. 뭐, 놓을 생각은 없지만."

"하나요리 씨……."

반짝반짝한 눈동자로 얼굴을 붉히며 나를 바라보는 클래 짱. 서로의 거리가 1cm도 안 된다. 내게 딱 달라붙은 클래 짱은 옆에서 봐도 함락당해 있다.

"잠깐만요, 거기이……!!"

""왜?""

수상한 분위기를 풍기는 우리에게, 참지 못하겠다는 느낌으로 외치는 참치 짱.

맞은편에 앉은 참치 짱은 쾅 하고 책상을 두드리고는 말했다.

"왜? 가 아니라고요오! 이상하잖아요, 거리감이! 저번까진 츤츤대고 있었는데 좀 꼬셔졌다고 데레가 된 건가요! 좀 더 어려운 느낌 아니었나요, 클래시 씨!"

"웬일로 말이 세네."

"누구 탓이라고 생각하는 건가요오! 눈앞에서 꽁냥꽁냥 당하고 있는 제 입장이 되어보시라구요오! 뇌가 파괴당해 앳……!"

"……낄래?"

"난 딱히 상관없어."

"당신들 둘 다 윤리 의식이 끝장난 거 아닌가요."

· 아니ㅋㅋㅋ

· 영혼이 담긴 외침ㅋㅋㅋㅋ

· NTR당해 버렸네

· 게다가 하렘은 괜찮나 보네ㅋㅋ

· 전원 호감도 100%니까 어그로 관리도 착실히 해야지ㅋㅋ
ㅋㅋ

· 참치가 진지하게 태클 거는 거 보기 힘든데ㅋㅋㅋㅋ

아니, 미안하다니까.

클래 쨩이 이렇게까지 내게 빠질 줄은 솔직히 생각 못
했거든. 물론 이건 연기라고 생각하지만.

애초에 클래 쨩은 츤데레인 것도 아니고, 데레가 된 건
맞지만 이건 좀 심하니까 연기겠지.

응, 근데 아까부터 허벅지 쓰담쓰담하는 거 그만두지 않
을래?

"후우, 뭐 농담이야."

클래 쨩은 그렇게 말하더니 나에게서 거리를 두었다.

"확실히 하나요리 씨에게 함락당한 건 맞아. 하지만, 금
방 끈적끈적해질 정도로 가벼운 여자가 아니거든."

"함락은 당하신 거군요……."

"2기생, 넌 내 거야!"

"진짜 어이없는 개그……!"

"부정은 못 하겠네."

· 3번 타자도 함락됐나…….

· 남은 건 3명임?

· 이거 후배 들어오면 어케 되냐ㅋㅋㅋ

· 함락시키겠지ㅋㅋㅋ

· 그건 그래ㅋ

· 진짜 자기 거 만들었잖아 한잔해ㅋㅋ

가벼운 여자가 아냐……?

방금 그 술집 여자 수준의 허벅지 쓸기 테크닉은 뭔데. 신경 쓰지 않는 게 좋을 것 같으니 말하지 말자.

세상에는 모르는 게 약인 것도 있으니까 말이지.

"후배 들어오면 어떡할 거야? 라는 채팅이 꽤 보이네요……. 여, 역시 함락인가요……?"

"물론. 똥통에 소속되어 있다면 동등하게 내 타깃이니까."

나는 자신만만하게 후후후, 하고 수상쩍은 웃음을 흘린다.

함락시키면 시킬수록, 나의 경험치는 올라간다. 그리고 레벨업에 한계는 없다.

완전 함락시켜서 꽁냥꽁냥 하렘을 만들어 주지, 라는 의도도 없지는 않다. 욕망보다 좋은 것은 없다. 더 높은 곳을 노리는 야심은 좋은 방향으로 작용한다면 편리하니까 말이지.

"다음은 1기생을 노려볼 까나아. 한 명은 아는 사이고."

"어라, 그런 거니?"

"응. 아마 저쪽은 모를 테지만 말이지. 그런 부분의 어드밴티지를 잘 활용해 보고 싶네."

"하나요리 씨는 착실하게 공략을 짜서 움직이니까 무섭네요……."

"참치 짱은 공략도 뭣도 없이 함락당했지만 말이지!"

"히익, 그렇게 쉽지 않다고 말했는데 불쌍할 정도로 초고속 함락당한 제 얘기는 하지 말아주세요오……!"

"그 정도로 비굴해지는 말은 안 하지 않니?"

책략 없이 움직이다니 바보나 하는 짓이다.

말하자면 공부하지 않고 시험에 임하는 것……은 자주 하는 사람이 있네. 뭐, 평소 실력으로 시험 치기 같은 느낌일까나.

참치 짱도 본인에겐 말하지 않았지만 일단 연구는 다 했고, 나름대로 노력도 했지만.

· 1기생에 아는 사이…… 누구임?

· 드디어 1기생과의 콜라보 해금 떴냐……?

· 최초의 피해자는 누구냐ㅋㅋ

· 철벽 한 명 있어서 힘들듯

· 불쌍할 정도의 초고속 이러네ㅋㅋ

· 자학이 너무 슬퍼요

"참치 짱은 촐랑거리는 여동생 같은 느낌으로 좋아해."

"여, 여동생……."

"어머, 나는?"

"의지가 안 되는 언니?"

"……의지가 안 되는 거니."

· ㅋㅋㅋㅋㅋㅋㅋ

· 본인도 부정 못 해서 슬프네

· 의견 일치ㅋㅋ

· 촐랑거리는 건 부정 안 하냐고ㅋㅋ

실제로 그러니까…….

이렇게 되면 내가 둘째인 걸까나. 젠치 씨도 여동생 쪽이고.

"뭐. 슬슬 노래하지 않을래? 기껏 노래방에서 방송하는 거니까."

"그러네……."

"저, 두 분에 비하면 실력이 별로인데에……!"

"괜찮아, 괜찮아. 웃어줄 테니까."

"전혀 괜찮지 않은데요!!"

"신경 쓰지 말고 즐겁게 노래하렴. 잘하고 못하고는 사소한 일이야."

"클래시 씨……!"

"뭐, 방송인으로서 시청자들에게 못난 노래 실력을 노출하는 건 피할 수 없겠지만."

"클래시 씨……?"

"게다가 게시판에서 바보 취급 당하면서 음치, 충치 같은 소리를 듣게 되겠지."

"하나요리 씨이이이이이이이이!!"

"왜 그래, 아까부터 우릴 계속 부르고? 그렇게 좋은 거야?"

"아, 아니……지는 않지마안, 그렇게 말하시는 건 너무 하잖아요오오오오!!"

소리 지르는 참치 짱. 웃는 나. 주스를 마시는 클래 짱.

한없이 2기생다운 일상이다.

아직 보지 못한 1기생을 포함해, VTuber라는 직업은 정말 재미있다. 고생도 있지만, 모두가 자신의 개성을 가지고 있다.

전생해서 고생을 거듭해 왔다.

밝은 미래를 거머쥐기 위해 노력해 왔다.

그 결과, 나는 VTuber로서 올바른 길을 걷는 데 성공했다는 확신이 있다.

"후후, 참치 짱, 클래 짱. 좋아해."

""푸웁, 아, 잠깐.""

둘은 입에 머금고 있던 주스를 있는 힘껏 내뿜었다.

내 미소에 홀린 건지, 시선은 계속 내게 고정되어 있다.

얼굴을 그렇게나 빨갛게 하고선…… 귀엽네에.

함락시키길 잘했다.

· 꽁냥꽁냥

· 꽁냥꽁냥

- 꿍냥꿍냥
- 꿍냥꿍냥

내 이름은 사사키 코우키.

세끼 밥보다 백합을 좋아하는 사람이다.

좌우명은 백합 사이에 끼지 마라.

아싸 쪽으로 너무 진화해서 교실에서 백합 소설을 읽을 수밖에 없는 미남이다. 외모에 대한 자신만큼은 예전부터 있다. 뭐, 여자들에게 대시받다 보면 싫어도 알게 될 수밖에 없다.

평소에 여자와 얘기하는 일은 없고, 백합을 방해하고 싶지 않으니 필요한 때 외에는 대화하지 않도록 하고 있다.

취미는 반 친구들로 백합 커플링을 만드는 것.

그래, 망상은 자유라고 생각한다. 설령 그것이 얼마나 기분 나쁜 짓인지 알고 있더라도 멈출 수 없는 것이 있다.

하지만 들어줬으면 한다.

요즘엔 정말로 이건 백합백합 아닌가 싶은 두 명이 있다.

유메미 렌게와 카와나이 에리코.

한쪽은 미소녀. 한쪽은 평범한 여자.

참으로 훌륭한 백합의 향기다.

카와나이 씨는 평범녀지만 내가 보기엔 평범하다고 해도 좋은 구석이 꽤 있고, 시원시원한 구석이 호감을 준다.

하지만 나는 어째선지 그녀에게 미움받는다.

여자의 호감도는 사실 아무래도 상관없지만.

자. 그 둘은 학교에선 항상 같이 있다.

같이 있는 것 자체는 드물지 않다. 의미 없이 친구에게 달라붙는 게 여고생이다. 찰딱 붙는 건 내 입장에서도 백합 성분 보급이 잘 돼서 감사할 뿐.

하지만!!!!!

유메미 씨와 카와나이 씨는 사이는 좋지만, 일정한 거리감이 있다. 서로의 개인적인 공간을 확실히 지키면서 접하고 있는 거다.

그것만으로도 친구&백합 커플이라는 느낌이 들어서 코피가 나올 것만 같다.

그런데!!!

때때로 그 개인적인 공간이 침범당할 때————나의 코에서 선혈이 분출되는 것이다.

지금부터 예시를 하나 소개하겠다.

Case 1

그것은 내가 무더운 여름날 학생식당에 갔을 때였다.

우리 학교는 꽤 재적수가 많아서인지 학생식당이 엄청 혼잡해서 자리가 비어 있질 않는다.

그렇다고 합석을 부탁하기엔 너무 심리적인 난도가 높고, 식사는 좀 혼자서 하고 싶다. 그런 아싸 마인드가 있다.

우연히 구석 자리가 빈 걸 발견한 나는 살짝 안도하며 묵묵히 카레라이스를 먹고 있었다.

"아, 미안. 같이 앉아도 될까? 다른 데는 비어 있질 않아서."

"잠깐, 그만하자니까. 미남 옆에서 밥 먹기 싫어, 나."

"카와나이는 미남한테 트라우마라도 있는 거야? 거부 반응이 너무 거창하지 않아?"

콩트 같은 대화를 하면서 말을 걸어온 것은, 예의 미소녀 유메미 씨와 카와나이 씨. 이때부터 카와나이 씨는 나를 그냥 싫어했다. 아무 짓도 안 했는데.

"아, 전혀 상관없어."

내심 당황하면서 그렇게 말하자, 유메미 씨는 "고마워~"라고 가볍게 말하고 카와나이 씨와는 반대편에 앉았다.

의도치 않게 백합 사이에 끼어버릴 위기에 처한 나는, 가볍게 피가 나올 정도로 입술을 깨물며 카레라이스를 엄청 급하게 입에 가득 채우고 있었다. 이때만큼은 카레라이스를 원망했지.

"카와나이는 또 라멘이네. 영양도 신경 쓰는 게 어때?"

"뭐 어때. 돈 내는 거니까 좋아하는 걸로 먹고 싶지 않아?"

"돈으로 건강을 사는 게 요즘 세상이란 거야."

"세상 살기 힘드네……."

참 애늙은이 같은 소리를 하네…….

달관한 건지 포기한 건지, 아무튼 진리이긴 하다고 생각한다.

"본인의 자유니까 내가 이래저래 뭐라 할 수는 없지만 말이야. 살찐다? 요새 허리 신경 쓰는 거 알고 있다구?"

돌직구다아!

그렇게 생각하면서, 나는 카와나이 씨의 반응을 살폈다.

보통 이런 상황에서는 화내거나 슬퍼하거나 둘 중 하나다.

하지만, 카와나이 씨의 경우엔 달랐다.

그녀는 무기력한 눈을 하고 으엑, 하며 말한다.

"괜찮아. 나 같은 엑스트라는 살이 찌든 말았든 아무 변화 없잖아. 굳이 말하자면 살집 좋아졌네? 하면서 놀림당하는 게 다 아냐?"

세다. 어디서 그런 감성을 몸에 익힌 거지?

아무리 봐도 아리따운 여고생이 할 눈이 아니잖아.

하지만, 문제는 여기부터였다.

내 코피가 작렬한 순간이 여기였다.

──유메미 씨는 후후, 하고 웃으면서 맞은편 카와나이 씨의 볼에 손을 대고 말했다.

"뭐, 난 살이 쪘든 말랐든 카와나이가 좋아. 하지만 카와나이가 오래 살기를 바라니까 건강에도 신경 써줬으면 좋겠는데?"

"자, 자, 잠깐잠깐잠깐. 그렇게 바로 미남 같은 오라 풍기지 마! 부끄럽잖아!"

"카와나이가 쉬운 여자인 게 잘못 아닐까나아."

"시끄러워! 그리고, 여기 공공장소라고!"

"어디서 하든 부끄러워하면서."

"그런 문제가 아니고!!"

얼굴을 새빨갛게 붉히고 외치는 카와나이 씨.

그와 반대로 여유 있는 웃음을 띠고 느긋하게 카와나이 씨를 갖고 노는 유메미 씨.

"……잘 먹었습니다."

나는 모든 것에 합장하며 자리에서 일어섰다.

그리고 그대로 화장실로 직행했다.

……좋아, 사람은 없다.

주머니에서 손수건을 꺼내고, 입을 갖다 대며 외친다.

"아아아아아아아아아아!!!!"

"꽁냥꽁냐아아아아아아앙!!!!!!!!!"

"가능하면 150m 떨어져서 관측하고 싶었어어어어!!"

나는 도중부터 거의 없는 사람 아니었어?!

고마워! 나는 감지되지 않고 백합을 관측하고 싶어!

아아, 다행이다! 품행 바르게 지내와서!

우산이 없는 아주머니께 우산을 드리고, 넘어질 것 같은 남자아이를 돕고, 성추행당할 뻔한 여장남자를 감싸고, 편의점에서 강도를 격퇴하고, 분실물을 6시간 동안 같이 찾아줘서 다행이다!

"내 인생 최고예요오오옷!!!"

──내가 있던 화장실에선 추후 심각한 수준의 혈흔이 발견되어, 한때 큰 소동으로 번졌다.

17. 하나요리가 없는 젠치의 일상

0기생 젠치의 아침은 빠르다.

원래 야행성이었던 젠치지만, 하나요리에게서 세세한 엄마 잔소리를 받고 아침에도 강해지고 있다.

스윽 컴퓨터 앞에 놓인 소파에서 일어난 젠치는, 잠이 덜 깬 눈으로 주위를 둘러보고 한마디 한다.

"하나요리…… 없네."

당연한 일이지만, 하나요리가 젠치네 집에 묵고 간 뒤부터 젠치는 하나요리 성분 부족(※만들어낸 단어)에 빠져 있었다.

의존이다, 라고 뭉뚱그려 말하기는 어렵다. 하지만 계속 혼자였던 젠치에게 보살펴 주는 바보가 생기면…… 뭐, 이렇게 된다.

아기 새를 돌봐주는 어미 새. 그러나 부모에게 가지는 병아리의 감정은 미친듯이 무겁다.

"흐암……. 세수해야지."

한쪽에 놓여 있던 머리끈으로 머리를 묶고 하품하는 젠치. 참고로 물론, 모든 발언은 시청자에게 들리고 있다.

· 아침부터 좋은 거 보여주지 마라

· 순식간에 잠 깼다

· 잠꼬대로도 하나요리 부르잖아…….

· 겁나 부담스럽네ㅋㅋㅋ

· 꽁냥꽁냥 과잉공급

세수를 마친 젠치는, 부스스한 머리 그대로 주방으로 이동해 식빵을 굽는다.

물 끓이는 것밖에 할 줄 몰랐던 젠치도, 하나요리의 지도 아래 중학교 1학년 정도의 가정과 기술을 습득한 상태다.

젠치는 다 구워진 빵에 버터를 발라 담담하게 먹는다.

이때의 젠치의 머릿속을 소개한다.

(하나요리랑 먹으면 더 맛있어. 왜 혼자서 먹으면 이렇게 쓸쓸할까. 오랜만에 집에 부를까나……. 하지만 민폐로 보이면. ……어쩌지.)

하나요리 일색!

전언 철회하겠다. 역시 의존하고 있다.

왠지 모르게 서로 의존하는 듯한 느낌도 있긴 하지만, 한쪽이 엄청나게 무거운 건 틀림없겠지.

식사를 마친 젠치는 마이크를 장착하고 이야기를 시작한다.

"다들 안녕."

· ㅎㅇ

· 젠하젠하

· 학교 가기 전에 듣는 중

· 하나요리음 고맙다

하나요리음? 하고 젠치는 고개를 갸웃한다.

모를 만도 하다. 막 일주일 정도 전에 생긴 개념으로, 젠치가 하나요리에 대해 무의식적으로 언급하는 것을 지칭하는 말이다.

"오늘은 적당히 빈둥빈둥할래."

· 맨날 그러잖아ㅋ

· 오늘은, 이 아니라 오늘도겠죠

· 젠치의 생활 패턴을 시청자가 더 잘 알고 있음ㅋㅋㅋ

"내 생활은 시청자와 하나요리에게 지배당하고 있으니까 당연해."

· 갑분 하나요리음

· 틀린 말은 아닌듯

· 우리보다 하나요리가 더 지배하고 있잖아ㅋㅋ

· 지배가 아니고 교육 아님?ㅋㅋㅋ

· ㄹㅇ ㅋㅋ

이 24시간 방송은 젠치가 둔감한 기질이기에 성립되고 있다. 자신에 대해 무감각하다고도 할 수 있는 기질. 사람에게 자신을 보여주고 들려주는 것을 일로 삼고 있는 젠치가, 모든 행동을 시청자에게 좌우당하는 것은 당연하다.

그것을 전혀 고생이라고 생각하지 않기에 젠치는 인기가 있다.

젠치는 묵묵히 컴퓨터를 조작한다. 방송용이 아니라 일상생활에 쓰는 서브 컴퓨터 쪽이다.

· 요새 자꾸 컴퓨터 만지고 있는데 뭐 하는 거임?

· 뭐 일할 만한 거라도 있었나

그런 채팅이 눈에 들어온 젠치는, 약간 당당한 얼굴을 하며 기쁘게 이야기한다.

"후후후, 요즘 나와 하나요리의 2차 창작 쓰고 있어."

· 아니 뭐ㅋㅋㅋㅋㅋ

· 자급자족 하지 마라

· 하나요리와 만날 수 없어서 쓸쓸함을 달래는 대상행동*
  이네요, 눈물 납니다

· 드디어 정신이 나가버렸구나

· 하나요리의 셀프 성대모사 수준으로 위험한 듯ㅋㅋ

· 이거 나중에 흑역사 돼서 이불 찬다ㅋㅋ

"완성되면 공개할 거니까 읽어줘."

젠치는 크리에이터다.

집안일 외에는 기본적으로 하이스펙인 젠치는, 프로그래밍도 가능하고 그림도 그릴 수 있다. 소설도 만화도 쓰고 그릴 수 있다.

단지 꾸준히 할 의욕이 없었을 뿐이다.

하지만 너무나도 하나요리 성분이 사라져 버린 젠치는, 약간 심야 텐션 그대로 글을 쓰고 있다.

……지금 하는 짓의 쪽팔림을 소설 공개 후 깨닫고 후회하게 되지만, 그건 다른 이야기.

---

*자기가 요구하는 바를 얻지 못할 때 그와 비슷한 다른 대상으로 만족을 채우려는 행동.

· 하나요리를 향한 찐사랑이네……

· 어제 오늘 일도 아님ㅋㅋ

· 하나요리를 사랑하고, 하나요리에게 사랑받은 여자라고

· 자기랑 하나요리의 2차 창작은 ㄹㅇ 보법이 다르다

아직 다 자라지 않은 수치심 탓에, 젠치는 왜 웃음을 사고 있는지 이해할 수 없다. 본인은 지극히 진지한 것이다.

이래저래 해서 시간이 지나고, 시각은 저녁이 되어 있었다.

창문으로 날아드는 석양빛 탓일까.

젠치는 어딘가 권태로운 기분이 되어 있었다.

울적하게 한숨을 뱉은 그녀는 한 여성을 떠올린다.

"하나요리……. 만나고 싶어."

· 크악……

· 그만해…… 꽁냥꽁냥이이

· 빨리 좀 만나줘라 하나요리

장난스러운 분위기도 있지만 하나요리에게 비난이 집중된다.

……덧붙여 말해두자면, 반드시 하루에 한 번은 하나요리와 메시지를 주고받고 있다. 직접 만나고 싶은 기분도 모르는 건 아니지만.

그러자, 딩동 하고 젠치의 스마트폰에서 알림음이 울린다.

· 이, 이 알림음은……!

· 믿고 있었다고

· 나이스 타이밍!!

· 역시 넌 최강이다

젠치는 메시지를 보고 화악 표정을 밝게 한다.

그리고 그대로 일어서서, 거실 주변을 돌아다니며 안절부절못하기 시작했다.

"하나요리가 우리 집에 오나 봐……!"

· 말꼬리에 힘 실렸네

· 단숨에 모든 표정이 밝아져 있음ㅋㅋㅋ

· 이게 꽁냥꽁냥이구먼……

· 너무 안절부절못하는데ㅋㅋㅋ

· 【하나요리 코하쿠】지금 갈 테니까 기다리고 있어♪

· 하나요리 여깄네!

· 빨리 와!

· 약삭 빠르게 방송 보고 있네ㅋ

· 1박2일 루트 떴냐???

단숨에 채팅창이 소란스러워지기 시작하고, 시청자 수도 쭉쭉 올라간다.

SNS의 트렌드란에는 『하나×젠 1박2일』이라는 글자가 있다.

젠치는 하나요리에게서 온 채팅을 보고 작게 수줍어하더니 말한다.

"응, 기다릴게!"

후기

처음 뵙겠습니다. 코이다누키라고 합니다.

『TS 전생한 내가 소속 VTuber 사무소의 방송인을 전원 함락시키러 가는 이야기』를 집어주셔서 진심으로 감사드립니다.

본 작품은 제4회 HJ소설대상을 소설가가 되자 부문에서 수상하여 출판하게 되었습니다.

이름난 작품들이 많은 HJ문고에서 출판할 수 있게 되어 진심으로 기쁩니다.

※냉정하게 이 후기를 쓰고 있습니다만, 작가는 수상이 결정됐을 때 화장실에서 입을 손수건으로 막고 소리 질렀습니다.

──그럼, 본 작품에 대해 조금 설명을 드리도록 하겠습니다.

본 작품은 'TS' 'VTuber' '백합' '역행전생(죽었을 때보다 과거의 시점으로 전생하는 짓)'의 요소가 들어찬 작품입니다. 주인공 하나요리 코하쿠가 여자애로 전생한 것을 계기로, 좋아했던 VTuber 사무에 들어가기 위해 노력을 거듭하고── 그 결과 하이스펙 백합 과격파 VTuber로서 데뷔합니다.

항상 그녀의 시야에 있는 것은 '함락'이라는 문자뿐. 개성 강한 동기나 선배 VTuber를 '함락'시키기 위해 매진하는 이야기가 주축입니다.

주인공의 일관성. 개성 강한 동기나 선배 VTuber와 엮이며 발생하는 꽁냥꽁냥에 마음이 움직여 주셨으면 좋겠네, 하고 생각합니다.

이제 입에 발린 인사를 드리겠습니다.

본작을 출판함에 있어 멋진 일러스트를 그려주신 일러스트레이터 호마데리 님. 굉장히 신세를 진 담당 편집자 님. 이 자리를 빌려 진심으로 감사 인사를 올립니다.

독자 여러분, 다시 만나기를 진심으로 기도합니다.

TS tensei shita watashi ga shozoku suru VTuber jimusho no liver wo zenin otoshiniiku hanashi 1

©Koidanuki
Originally published in Japan in 2024 by HOBBY JAPAN CO., Ltd.
Korean translation rights ©2025 by Somy Media, Inc.

TS 전생한 내가 소속 VTuber 사무소의 방송인을 전원 함락시키러 가는 이야기 1

2024년 2월 15일 1판 1쇄 발행

저　　　자	코이다누키
일 러 스 트	호마데리
옮 긴 이	이지우
발 행 인	유재옥
담 당 편 집	박치우
이　　　사	조병권
출판본부장	박광운
편 집 1 팀	박광운
편 집 2 팀	정영길 박치우 조찬희
편 집 3 팀	오준영 권진영 이소의 정지원
디자인랩팀	김보라 이민서
디지털사업팀	김경태 김지연 윤희진
콘텐츠기획팀	박상섭 강선화
라이츠사업팀	김정미 이윤서
영업마케팅팀	최원석 이다은 윤아림
물 류 팀	허석용 백철기
경영지원팀	최정연
인쇄제작처	㈜코리아피엔피
발 행 처	㈜소미미디어
등　　　록	제2015-000008호
주　　　소	서울시 마포구 토정로222, 502호 (신수동, 한국출판콘텐츠센터)
판매 및 마케팅	(070) 8822-2301

ISBN 979-11-384-8576-0
ISBN 979-11-384-8575-3 (세트)